Die Flucht des Vampirs

Eine übersinnliche Liebesgeschichte

AJ Tipton

„Die Flucht des Vampirs“

Autor: AJ Tipton

Übersetzung von Birga Weisert

Cover art bereitgestellt von CirceCorp

Oh bitte, lass heute mein Glückstag sein, betete Lauren vor dem goldumrandeten Spiegel und tupfte sich roten Lippenstift von den Zähnen. Das Kleid, das sie trug, war das gleiche, das sie bei ihrem letzten Date mit Trevor getragen hatte, aber sie hatte eine Freundin, die Schneiderin war, überredet, es auseinander zu trennen und wie neu aussehen zu lassen. Sie zuckte zusammen als eine schlecht verarbeitete Naht in ihren Rücken stach. Die Ausgaben und Gefallen, die sie allen möglichen Leuten schuldete, um den Schein zu wahren, häuften sich immer mehr, und wenn es mit Trevor heute Abend nicht klappte, dann war sie erledigt. Trevor musste der Richtige sein.

Lauren zwang sich, über die kleinen Falten hinwegzusehen, die sich in letzter Zeit um ihre Augen und ihren Mund herum gebildet hatten. Achtunddreißig war eben nicht mehr fünfunddreißig, und die letzten drei Jahre seit Nikolais Tod waren schwer gewesen. Sie konnte es sich nicht leisten, dass die harten Zeiten Spuren auf ihrem Gesicht hinterließen. Vorsichtig legte sie noch etwas Make-up auf. Der superheiße Milliardär Trevor Simm durfte nicht merken, dass sie keine siebenundzwanzig mehr war, wie sie behauptet hatte.

Sie schob ihre Brüste etwas höher in den Ausschnitt ihres Kleides und drückte sie dann aber wieder etwas tiefer. Sie wollte auf dem schmalen Grat zwischen „Dame“ und „Fickmäuschen“ balancieren und beides überzeugend rüberbringen. So erkannte ein Mann sofort, dass es nicht leicht sein würde, in ihrem Bett zu landen, aber dass er eventuell eine Chance hatte, es irgendwann zu schaffen. Seit sechs Monaten wurde sie von Trevor bereits aufmerksam und zuvorkommend umworben. Heute musste es einfach geschehen, dass er ihr einen Ring anbot, als Gegenleistung für die Ehre, Lauren für den Rest seines Lebens als Gefährtin zu haben.

Du schaffst das, sagte sie ihrem Spiegelbild. Darauf hast du dein Leben lang hingearbeitet. Lauren lächelte sich selbst zu, ein geübtes Lächeln, höflich und gewinnend, bei dem sie ihre Zähne nicht zeigte— Eine Dame grinst nicht wie ein Schimpanse, hatte ihre Mutter sie immer ermahnt—und ging tapfer wieder zurück in das Restaurant.

Chez Fenêtre war immer noch so schön, wie in der Zeit, als sie jeden Dienstagabend hier mit Nikolai gespeist hatte. Lauren hatte Trevor vorsichtig dahin gesteuert, dass er die Idee hatte, sie zu ihrem Sechsmonatstag hierhin einzuladen. Natürlich hatte sie vorher angerufen und das Personal vorgewarnt, dass sie vorgeben sollten, sie nicht zu kennen, aber auch um sicher zu sein, dass sie ihren Lieblingsrotwcin vorrätig hatten.

Trevor stand auf, als sie sich dem Tisch näherte, höflich wie immer, mit einem kleinen, diskreten Lächeln, dass Laurens Mutter gefallen hätte. Zurückhaltend und charmant wie Clark Gable in einem alten Film, aber mit blondem Haar und Seitenscheitel wie eine Kenpuppe, und leichter gebaut. Obwohl er behauptete, Dreißig zu sein, sah er aus wie höchstens zweiundzwanzig.

Und Trevor hatte Geld.

So viel Geld. So viel Geld, dass er sich Maßanzüge und für ihn speziell angefertigte Uhren locker leisten konnte, jedes Mal, wenn er sie abholte, einen anderen Aston Martin fuhr und mit ihr in einem Privatjet nach Paris zum Dinner fliegen konnte.

Ihr verstorbener Ehemann, Nikolai, war auch sehr reich gewesen. Er war Alpha eines Bärenwandlerclans im Ruhestand, der über mehrere Milliarden Dollar verfügte. Ihre Ehe war eine geschäftliche Abmachung gewesen: Sie war seine Begleiterin und Gesellschafterin und er teilte sein luxuriöses Leben mit ihr. Obwohl keiner von beiden je behauptet hatte, den anderen zu lieben, hatte sich in den fünfzehn Jahren, die sie zusammen verbrachten, doch eine echte Zuneigung zwischen ihnen entwickelt. Lauren vermisste die kleinen Nettigkeiten, die sie bis zu Nikolais letztem Tag immer ausgetauscht hatten und die tröstliche Gewissheit, dass sie sich um nichts kümmern musste, außer um Nikolais Bedürfnisse.

Aber als er schließlich an seiner Krebserkrankung verstarb, stellte sie fest, dass Nikolais Vermögen schon längst an seinen Sohn übergegangen war. Der junge Alpha wies Lauren eine bescheidene Summe an, um sie über Wasser zu halten, bis sie sich aus eigener Kraft versorgen konnte, aber das Geld war schneller weg, als sie dachte.

Trevor zog Laurens Stuhl vor und bedeutete ihr, sich zu setzen. Der Kellner war fort, der Tisch bereits abgedeckt, aber zwei Gläser mit Champagner standen auf dem Tisch, sowie eine Flasche in einem silbernen Eiskübel. Ihr Herz schlug schneller.

Jetzt kommt es!

„Du siehst heute Abend wieder bezaubernd aus, meine Liebe.“ Trevor drückte sich immer etwas steif aus. Aber das verlieh ihm auch einen ganz besonderen Charme. Er hatte eine etwas altmodische und unbeholfene Art, die im Gegensatz zu Nikolais rauem Selbstbewusstsein, rührend und liebenswert wirkte.

Sie lächelte und warf ihm von unten einen dankbaren Blick zu, mit dem sie gleichzeitig überprüfte, ob seine Augen - ja, alles ok - auf ihr Gesicht gerichtet waren statt auf ihre Brüste. Kein Geld der Welt war es wert, sich betatschen zu lassen, wie ein paar Männer es versucht hatten, mit denen sie sich nach Nikolais Tod getroffen hatte. Trevor hatte sich gleich dadurch ausgezeichnet, dass er niemals körperlich aufdringlich wurde und sich sofort einverstanden erklärte als sie darauf bestand zu warten, bis sie beide sicher waren, dass es etwas Ernstes war. Sie waren nie weiter gegangen als ein paar leidenschaftliche Küsse auf dem Rückflug von ihrem letzten Tauchausflug zum Roten Meer.

Trevor war ein ausgezeichneter Küsser, mit genau dem richtigen Zungeneinsatz. Seine Hände hatten nur sanft ihre Brüste gestreift, sodass sich ihre Brustwarzen aufrichteten, aber er hatte nie rücksichtslos gegrapscht. Auch wenn sie es niemals mit Liebe verwechseln würde, so wurde ihr Lächeln, das sie ihm über den Tisch zuwarf, noch strahlender bei der Erinnerung an seine Lippen, die so gekonnt ihren Hals und ihre Brust liebkost hatten.

„Ich bin so glücklich, Trevor", sagte sie. „Ich danke dir für einen weiteren wundervollen Abend." Sie deutete auf das leere, elegante Restaurant. Er hatte das ganze Restaurant reserviert, damit er mit ihr allein sein konnte. Nur der Kellner und das Küchenpersonal waren da, doch sie hatten sich während ihres Viergangmenüs professional und diskret im Hintergrund gehalten. „Ich war noch nie so glücklich, wie wenn ich mit dir zusammen bin."

Natürlich eine Lüge. Aber es war ja nicht Trevors Schuld, dass sie ihn noch nicht liebte. Er war respektvoll und süß. Mit der Zeit würde sie ihn lieben.

Trevor lächelte. „Es freut mich sehr, das zu hören." Er stand auf, nahm eines der Champagnergläser und kniete vor ihr nieder.

Ja, ja, ja, ja. Lauren presste ihre Hände zusammen, um nicht vor Freude zu klatschen. Ich habe es geschafft! Ich habe es geschafft! Auch mit achtunddreißig hab' ich es noch drauf!

„Lauren Vaughan." Er nahm eine längliche Schachtel aus seiner Tasche, die jedoch zu groß war für einen Ring, und öffnete den Deckel.

Was? Sie starrte auf das Messer, das in der Schachtel lag. Es war mit großen Edelsteinen besetzt, einschließlich eines Diamanten so groß wie eine Walnuss. Die Schneide war nur knapp zwei Zentimeter lang und extrem scharf.

„Ähm", begann sie, aber schwieg dann. Es ist nur ein kleines Messer. Mal sehen, wie es jetzt weitergeht. Aber ihre Füße, die unter dem Tisch versteckt waren, schlüpften aus den hohen Schuhen, bereit loszurennen, wenn die Situation gefährlich wurde.

Trevor lächelte sie an. Er ritzte mit dem Messer seinen Ringfinger und ließ das Blut in seinen Champagner tropfen. Die perlende Flüssigkeit färbte sich langsam rot, als sich das Blut mit dem goldenen Champagner vermischte.

„Willst du, Geliebte, für immer und ewig meine Braut der Nacht sein?" Er hob das Glas in ihre Richtung.

Ein Vampir. Das erklärte so einiges. Seine altmodische Ausdrucksweise, seinen Reichtum, der weder einer Erbschaft noch einem hoch bezahlten

Job zu entstammen schien, und dass sein Gesicht viel zu jung war, für die Art wie er sich verhielt. Sie biss sich auf die Lippe und bewahrte einen neugierigen Gesichtsausdruck, während sie schnell über die Sache nachdachte.

Nikolai hatte ihr von Vampiren erzählt, als sie sich kennenlernten und er sie in die übersinnliche Welt einführte. Sie hatte es nie in Betracht gezogen, sich von einem Vampir verwandeln zu lassen — wenn, dann hätte sie es eher getan, bevor die ersten Fältchen in ihrem Gesicht aufgetaucht waren — aber, warum nicht? Sie wurde nicht jünger und Trevor war genau der Lebensgefährte, den sie sich immer gewünscht hatte: reich, liebenswert und leicht zu handhaben.

„Ich verstehe das nicht. Was meinst du damit?“ Das erste Gesetz einer Dame: Lass den Mann nie wissen, was du alles weißt. Was Trevor betraf, so ging er davon aus, dass sie keine Ahnung hatte, dass eine übersinnliche Welt mit ihren Kreaturen überhaupt existierte. Sie nahm ihm das Glas mit dem rot gefärbten Champagner aus der Hand und stellte es vor sich auf den Tisch. Er lächelte und setzte sich wieder in den Stuhl ihr gegenüber.

„Ich bin ein Vampir, meine Süße, genau wie der mächtige und legendäre Dracula. Es mag dir schwerfallen, es zu glauben, aber Hexen, Werwölfe und andere magische Kreaturen gibt es wirklich. Ich bin echt.“ Er öffnete die Lippen und zeigte ihr seine Zähne. Obwohl sic darauf vorbereitet war, war Lauren doch sehr überrascht, als sie sah, wie sich seine Eckzähne verlängerten, bis sie weit über seine Unterlippe ragten.

„Du bist ein Vampir?“ Sie ließ ihre Stimme ungläubig klingen. „Du trinkst Blut?“

Er lächelte, wieder das gleiche distanzierte Lächeln. „Ja, ich brauche Blut zum Überleben, aber ich genieße auch die köstlichen Delikatessen und feinen Mahlzeiten, die wir zusammen gegessen haben. Du hast nichts zu befürchten, ich bekomme mein Blut von Spendern. Du bist sicher vor meinem Hunger.“

Sie nickte. Seine Antwort stimmte mit dem überein, was sie schon wusste.

„Aber wir sind im Sonnenlicht spazieren gegangen. Ich dachte, Vampire könnten nicht bei Tageslicht ausgehen.“ Sie stellte ihm Fragen und hörte nur halb zu, wenn er antwortete, da sie wusste, wann er die Wahrheit sagte. Sie spielte die unwissende Menschenfrau, um Trevor die Gelegenheit zu geben, sie anzulügen.

„Es stimmt, wir sind schwächer bei Tag", antwortete er. „Unsere Kraft und Sinnesstärken sind bei Tag begrenzt und direktes Sonnenlicht verursacht uns Schmerzen, aber ich kann bei Tageslicht ausgehen."

Das stimmt, bestätigte sie innerlich. Es wäre für Trevor kein Problem gewesen, ihr etwas über die negative Seite des Vampirdaseins vorzulügen, aber — obwohl es offensichtlich war, dass er wünschte, dass sie sein Leben teilte — tat er das nicht.

„Das ist gut zu wissen."

Wenn Trevor überrascht war, dass sie ihm so schnell glaubte, ließ er sich das nicht anmerken. Lauren stellte in Gedanken alle Pros und Kontras gegenüber, von dem was sie von Nikolai über Vampire erfahren hatte: Enorme Kraft und verstärkte Sinne wären absolut super (obwohl sie nicht ganz sicher war, wozu sie sie brauchen könnte). Außerdem könnte sie die Gefühle anderer, nicht-vampirischer Wesen riechen (auch nicht so wahnsinnig nützlich). Ein Nachteil wäre es, dass sie niemals mehr die Sonnenstrahlen auf ihrer Haut genießen konnte, aber in der letzten Zeit hatte sie sich den hautschädigenden UV-Strahlen sowieso nicht mehr ausgesetzt.

Sie berührte ihre Wange. Ich muss mir nie wieder Sorgen um Falten machen! Die Vorteile waren natürlich, dass sie nicht mehr altern würde, Wunden schnell heilten und sie gegen alles außer Feuer und Enthauptung unverwundbar war ... aber, es gab ja auch noch den Hortari. Sie sah Trevor abschätzend an. Sie hatte ihn sich in den letzten sechs Monaten als Ehemann vorgestellt, aber als Erzeuger und Beherrscher?

Vampirerzeuger hatten die absolute Befehlsgewalt über ihre Nachkommen, wenn sie den Hortari anwendeten. Trevors Wille würde ihren völlig beherrschen. Das dürfte nicht allzu schlimm sein, dachte sie, und biss sich auf die Lippe. In den letzten sechs Monaten hatte er nicht einmal die Stimme gegen sie erhoben und war immer höflich und großzügig gewesen.

„Wenn du mich in einen Vampir verwandelst, was bedeutet das für uns?“ Sie formulierte ihre Frage absichtlich so vage wie möglich und betrachtete aufmerksam sein Gesicht, um zu erkennen, ob er ahnte, dass sie ihm ihre Unwissenheit nur vortäuschte.

Er lächelte und legte seine Hand auf ihre. „Seit ich dich zum ersten Mal gesehen habe, weiß ich, dass du die Frau bist, die ich mir für die Ewigkeit an meiner Seite wünsche. Wenn ich dich in einen Vampir verwandle, dann bin ich dein Erzeuger und das bedeutet, dass ich die Macht des Hortari über dich habe." Lauren entspannte sich, sobald er das Wort ausgesprochen hatte. Trevor hatte den Hortari aus freien Stücken erwähnt, obwohl er sie einfach hätte anlügen können.

„Der Hortari gibt mir die Macht, dich mit meinen Worten zu beherrschen, wann immer ich möchte." Trevor hielt inne, seine Finger streichelten sanft ihren Handrücken. „Aber der Hortari darf nur angewendet werden, wenn es wirklich notwendig ist, um neue Vampire davon abzuhalten, andere zu verletzen, wenn sie sich noch nicht an ihren Hunger und ihre neu erworbenen Kräfte gewöhnt haben. Ich liebe dich so sehr, Lauren, ich würde niemals etwas von dir verlangen, das du nicht möchtest."

Lauren war glücklich. Er war wirklich ein guter Mann. Ein guter Vampir. Sie hatte klug gewählt. Ich werde ewig leben! Für immer in Sicherheit. Für immer beschützt. Niemals würde sie sich Gedanken über neue Fältchen machen müssen, oder Angst haben, wegen einer Jüngeren verlassen zu werden. Sie wäre nicht mehr von der Großzügigkeit ihres Stiefsohns abhängig, der den großen Altersunterschied von fünfzig Jahren zwischen ihr und Nikolai immer missbilligt hatte.

Sie beugte sich über den Tisch und strich mit der Hand über Trevors Wange. Er sah so gut aus, wie aus einem Filmplakat entstiegen. Und er wollte sie. Die achtunddreißigjährige, verwitwete Lauren Vaughan.

„Ja“, sagte sie. „Ich will deine -“ Wie war noch der lächerliche Ausdruck, den er verwendet hatte? - „Braut der Nacht“ sein.“

„Du atemberaubendes Wesen.“ Er warf den Kopf in den Nacken, seine Stimme wurde tiefer. „Im Leben gibt es Dunkelheit und Licht, und du bist eines der Lichter, das Licht aller Lichter.“

Schneller noch als Nikolai in seiner Bärenwandlergeschwindigkeit, schleuderte Trevor den Tisch zur Seite, sodass der Champagner und die Gläser an der Wand zerschmetterten.

Trevor bewegte sich so schnell, dass Lauren kaum wahrnahm, dass er aufstand. Seine Hände legten sich um ihr Gesicht, sein Mund presste sich auf ihren und seine Zunge drang zwischen ihre

Lippen. Monate der unterdrückten Leidenschaft und Lust auf seinen männlichen Körper nahmen von ihr Besitz, und sie zog ihn enger an sich, bis sie beide vom Stuhl und auf den weichen Teppich fielen.

Sein Verlangen nach ihr erweckte eine Wollust, die sie seit Jahren unterdrückt hatte. Er riss ihr das Kleid vom Leib. Lauren war dankbar, dass sie ihren schönsten BH angezogen und das Höschen weggelassen hatte. Trevor verschlang ihren Körper mit den Augen. Sie hob die Arme über den Kopf, sodass sich ihre Brüste ihm entgegen drängten. Sie wusste, dass sie sexy aussah. Sie hatte hart dafür gearbeitet, so heiß auszusehen. Jeden Tag lief sie fünf Kilometer, seit zehn Jahren war kein Kohlenhydrat über ihre Lippen gekommen und sie zwang sich, Grünkohl zu essen, obwohl er eklig schmeckte. Aber nun, da sie das Begehren in Trevors Augen sah, war es jedes Opfer wert gewesen.

Der Mann sabberte praktisch vor Verlangen nach ihr, und sie wand sich vor Wonne. Er zog sich das Hemd vom Körper und gab den Blick auf die harten Muskeln frei, die man unter seinen perfekt geschnittenen Maßanzügen immer nur erahnt hatte.

Der verzweifelte Hunger auf seinem Gesicht erregte Lauren so sehr, dass sie feucht zwischen den

Schenkeln wurde. Drei Jahre waren eine lange Zeit. Sie nahm Trevors Hand und schob sie zu ihrer Klitoris, während sie ihn leidenschaftlich küsste. Ihre Hüften rieben sich an seiner Hand und das Gewicht seines Körpers auf ihrem erhöhte die Reibung an ihrer empfindsamsten Stelle. Lauren öffnete seinen Gürtel und warf in beisete. Er konnte es gar nicht abwarten, dass sie seine Hose aufknöpfte, sondern riss sie hinunter, zerriss seine Boxershorts und befreite seinen harten Schwanz.

Trevor massierte seinen Schwanz, während seine andere Hand ihren Kitzler so schnell rieb, dass es sich fast anfühlte wie ihr allzeit verlässlicher Vibrator zu Hause. Lauren schnurrte vor Wollust, küsste seinen Hals und streifte ihren BH ab, um ihre aufgerichteten Nippel an seiner nackten Brust zu reiben. Seine Haut fühlte sich angenehm kühl an im Gegensatz zu der Hitze, die sich zwischen ihren Schenkeln aufbaute. Es geschah alles so schnell; sie brauchte sein Verlangen, sie brauchte ihn und die Gewissheit, dass er sein Angebot ewiger Geborgenheit nicht zurücknehmen würde.

Lauren rollte sich herum, bis sie auf ihm saß, mit dem Rücken zu seinem Gesicht. Sie beugte sich vor und küsste an Trevors Bauch entlang abwärts, bis sie ihr Ziel erreicht hatte. Ihre Lippen legten sich um seinen harten Schwanz. Dann leckte sie seinen Schaft entlang und nahm seine Eier, eines nach dem anderen, in den Mund, während ihre Finger seinen Schwanz streichelten und massierten. Er stöhnte lustvoll. Lauren drückte Trevors Finger tiefer in ihre Muschi, so konnte sie sich gleichzeitig von seinen Finger vögeln lassen und ihn blasen.

„Oh Baby, du bist so was von heiß." Trevor stöhnte. „Dein Mund ... dein heißer Mund." Lauren musste lächeln, ein Gefühl der Macht durchströmte sie wie eine Droge. Sie hatte erreicht, dass er seine gestelzte Sprechweise vergaß und völlig die Kontrolle verlor. Sonst war er so distanziert und kontrolliert, dass der Anblick seines hilflosen Verlangens, als er ihren Hinterkopf ergriff und ihren Mund voller Wollust fickte, ihr einen Schauer über den Rücken jagte.

Im letzten Moment zog er seinen Schwanz aus ihrem Mund. „Oh Mann, Baby, ich will dich so sehr." Sanft legte er sie auf den Rücken und sie öffnete die Beine für ihn. Der Schweiß, der ihm vom Gesicht tropfte, war für sie das schönste Kompliment, das sie seit langer Zeit bekommen hatte.

„Komm in mir, Trevor.“ Lauren rieb ihre Hüften gegen seinen Schwanz. Sie schlang die Beine um seinen Körper und presste ihre feuchte Möse gegen seine Eichel. „Bitte, ich will mehr.“

„Oh Baby, du kannst mehr haben. Du kannst alles haben.“ Er drang tief in sie ein und vögelte sie schnell und hart. Sie schob ihm ihre Hüften mit jedem Stoß entgegen und ihre Finger glitten zwischen ihre Körper, um ihren Kitzler zu streicheln, während er sie stieß.

Wieder und wieder drang er in sie ein, und ihre Rufe „härter“ und „schneller“ und „Oh Gott, ja, ja!“ wechselten einander ab und wurden dann zu animalischem Stöhnen und Lustschreien, je länger Trevors Schwanz sich in ihr bewegte. Mit jeder Berührung ihres Kitzlers baute sich der Höhepunkt auf und schließlich ergoss er sich in ihr und sie kam sofort mit ihm. Als die Wellen des Orgasmus langsam abebbten, presste Trevor sein Handgelenk an ihre Lippen und sie schmeckte eine metallische, salzige Flüssigkeit auf ihrer Zunge. Sie blickte auf und sah ihm in die Augen. Er atmete schwer und bei jedem Atemzug berührte seine Brust ihre Brustwarzen.

„Trink, meine Geliebte. Trink und werde mein.“

Lauren öffnete ihren Mund und trank das Blut, das ihr die Kehle hinunterrann. Sofort fühlte sie sich schwer und müde. Sie schloss die Augen.

Jetzt fängt mein Leben als Vampir an.

Die Sonne ging unter. Trevors imposante Villa blockierte die letzten Sonnenstrahlen, die durch die Jalousien in Bens Labor blinzelten. Das kleine Häuschen im hintersten Winkel von Trevors riesigem Besitz, direkt hinter dem Pool, war Bens Reich und barg so einige Gefahren. Ein seltsam klingendes Geräusch, das sich anhörte wie ein Schluckauf, kam von einem Tisch am Fenster und Ben begab sich schnellstens in Deckung.

Seine neueste Erfindung gurgelte wie ein Känguru in den Wehen. Die Maschine trudelte in Kreisen durch den Raum, versprühte eine mysteriöse Flüssigkeit und gab dann eine klägliche Rauchwolke von sich. Ben lugte aus seinem Versteck hinter den aufgetürmten Werkzeugkisten hervor und strich sich nachdenklich über das Kinn, wobei er erstaunt feststellte, dass er dort einen kurzen Bart erspürte. Habe ich mich nicht heute Morgen erst rasiert? fragte er sich und warf einen Blick auf sein Handy. Vor vier Tagen. Es war schon vier Tage her, seit er sich rasiert und etwas Vernünftiges zu sich genommen hatte.

Ben kritzelte eine Notiz in sein Laborlogbuch und nahm sich einen Beutel Blut aus dem kleinen Kühlschrank. Er war wirklich dankbar, dass sein Neffe, Trevor, immer daran dachte, die Vorräte aufzufüllen. Das Blut wurde von einer älteren Pferdewandlerin nach einem Tag im Wellnesscenter gespendet und hatte daher eine entspannende Wirkung. Er ließ das Blut seine Kehle hinunterlaufen und näherte sich dann vorsichtig seiner durchgeknallten Erfindung.

Die gurgelnden Rohre und drehenden Zahnräder schienen eigentlich in Ordnung zu sein; sie waren nur mit Benzin verschmiert. „Verdammter Mist“, fluchte Ben. Er nahm sich einen Lappen und wischte vorsichtig über die Verkleidung, um das ungewollte Nebenerzeugnis der Maschine abzuwischen. Den geleerten Blutbeutel ließ er achtlos zu Boden fallen.

Bens neueste Erfindung hatte das Potenzial von großem Nutzen für die Menschheit zu sein, wenn er nur den blöden Nebeneffekt loswerden konnte, dass sie überall Benzin versprühte. Der Entsalzer war ein Komponentenumkehrer, der Plastikabfall und Salzwasser in frisches, sauberes Trinkwasser verwandelte. Das einzige, unliebsame Nebenprodukt, das Ben nicht loswerden konnte, war Benzin.

„Hallo? Jemand zu Hause?“, erklang eine fremde Stimme.

„Ich komme!“ Ben bewegte sich vorsichtig in Richtung Tür, wobei er sich drehte und seitwärts lief, damit er mit seinen breiten Schultern nicht irgendwelche wichtigen Stapel umstieß, die überall im Raum standen. Bens diverse Stapel von Laborlogbüchern, Büchern, Laborbechern und Werkzeugen sahen für den Unbeteiligten aus wie unorganisiertes Chaos, aber für Ben war seine Laborunordnung zweckmäßig und logisch und seine eigene geniale Erfindung.

Ein schlaksiger, menschlicher Teenager stand vor den breiten Glastüren des Poolhauses. Bens feine Vampirnase konnte die Langeweile und Ungeduld, die im Blut des Jungen zirkulierten, wittern.

„Pizzalieferung“, brummelte der Pizzabote gelangweilt. Er trat von einem Fuß auf den anderen und balancierte einen Turm von sieben Pizzaschachteln, die bis an sein Kinn aufgestapelt waren.

Ben runzelte die Stirn. „Ich habe nichts bestellt ... Verstehst du, wir ... essen hier eigentlich nicht.“

Der verwirrte Ausdruck im Gesicht des Pizzaboten verriet ihm, dass er das überhaupt nicht verstand.

Ach ja. Ein Mensch. Ben gab sich einen Klaps auf die Wange und der Junge zuckte zusammen.

„Ups ...“, Ben lachte verlegen und hoffte, den verdutzten Jungen ein bisschen zu beruhigen. „Ich meine, natürlich essen wir. Wir Menschen lieben gutes Essen. Es ist nur so, dass ...“ Ben versuchte sich lässig auf den Labortisch zu lehnen, und fasste dabei mit der Hand in eine Petrischale voller Wolkenwürmer. Er pellte sich die klebrigen Würmer von den Fingern und legte sie zurück zu ihren Brüdern, die sich in der Schale wanden. Die Augen des Jungen folgten den Würmern von Bens Hand zurück in die Schale und er wurde ganz blass.

Ben ergriff einen großen Schraubenschlüssel und begann, ihn lässig herumzuwirbeln, aber der Junge wirkte immer verschreckter.

„Ähm, Kumpel? Der Auftraggeber sagte, ich soll die Lieferung zum Poolhaus bringen. Das hier ist das Poolhaus, oder?“ Der Teenager rückte die Schachteln in seinen Armen zurecht.

Oh, Mist. Ich mache es schon wieder. Ben wurde immer etwas nervös, wenn er mit Fremden zu tun hatte. Er neigte dazu, große Gesten zu machen und seine Sätze übertrieben zu betonen, um sicher zu sein, dass er auch verstanden wurde. Einmal hatte Ben einem Gärtner fast ein Auge ausgestochen, als er mit ihm über Entsalzung diskutierte.

„Ja!“, rief Ben. „Hier ist mein Labor, das direkt neben dem Pool meines Neffen Trevor liegt, also ist es das Poolhaus. Siehst du die wunderschöne gotische Villa dort oben? Da lebt er mit seiner Freundin.“

Der Pizzabote bewegte sich langsam rückwärts von dem wirbelnden Schraubschlüssel fort. „Bleib cool, Mann ... cool.“ Dann reckte er sich zu seiner vollen Höhe auf und wurde geschäftlich. „Mann, du musst die Pizzas bezahlen, sonst zieht mein Boss mir die Summe vom Gehalt ab.“

Ben ließ den Schraubschlüssel krachend fallen. „Oh, natürlich, sicher doch." Er klopfte seine Taschen ab und brachte schließlich einen Schraubenzieher und eine Handvoll Schrauben hervor. Er lachte nervös. „Ich kenne mich nicht so gut mit Geld aus." Dann stöberte er in einem Schränkchen unter dem Labortisch herum und förderte eine rostige Kaffeedose zutage. „Ich bin sicher, dass da noch was drin ist." Ben hustete in der Staubwolke, die aufstieg, als er den Plastikdeckel abhob und eine Handvoll Papier und Steine herausholte. Die hielt er dem Lieferjungen hin.

„Das müssten circa tausend Dollar sein; ich weiß nicht genau wie viel in ..." Der Pizzabote ruckte die Schachteln zurecht, um besser hinsehen zu können. „Sind das Smaragde?"

„Ein paar Smaragde, ein oder zwei Rubine und etwas Piratengold." Ben seufzte. „Gute Zeiten."

„Ey, Mann, du schuldest mir $83.95. Ich kann auf Piratengold leider nicht rausgeben."

„Natürlich." Ben überlegte einen Moment. „Kann ich dich bitten ...? Würdest du vielleicht so nett sein und einfach alles behalten? Das wäre sehr hilfreich. Ich kann dann weiterarbeiten und du kannst dir was kaufen ..." Er überlegte wieder. „Ein

Teleskop oder was immer ihr jungen Leute heute so haben wollt.“ Er nickte zufrieden; die Idee gefiel ihm. „Ja. Damit wäre das Problem doch gelöst.“

„Wow, danke, Mann. Du bist komisch aber irgendwie supernett.“ Der Pizzabote grinste und stopfte seine Beute in die Tasche. „Wo soll ich die hinstellen?“ Er deutete mit dem Kinn auf die Pizzaschachteln.

„Hier, gib sie mir.“ Eine strahlend schöne Frau kam um die Ecke des Poolhauses. Hatte sie dort gewartet?, fragte Ben sich.

Die Frau warf sich lässig ihr langes blondes Haar über die Schulter. Sie trug ein elegantes Kleid und eine Perlenkette, was neben Bens unordentlichem Arbeitsmaterial etwas deplatziert wirkte. Mit einer flüssigen Bewegung nahm sie dem Jungen die sieben Pizzas aus den Armen und hielt den schweren Stapel mühelos in einer perfekt manikürten Hand.

„Tschö!“ Der Pizzabote verschwand so schnell er konnte über den weiten Rasen von Trevors Grundstück.

„Hallo ... Susan?“ Ben versuchte zu raten. Er glaubte, dass Trevors Freundin so hieß, aber waren ihre Augen nicht von einem helleren Blau gewesen?

Die Augen dieser Frau hatten das dunkle Blau einer Sturmwolke, durchzogen von Indigo.

Sie blieb im Eingang stehen und biss herzhaft in die Pizza, wobei sie den Stapel Schachteln in einer und das Stück Pizza in der anderen Hand hielt. Schncll verputzte sie die Pizza mit Speck und Avocado, bevor sie sich über die nächste hermachte.

„Lauren“, sagte sie mit vollem Mund. „Wir haben uns noch nicht kennen gelernt.“

„Oh, gut. Ich heiße Benjamin Dal.“ Ben räumte zwei Klappstühle frei und schob ihr einen zu, während er sich auf den anderen setzte. „Es ist sehr viel einfacher, wenn man jemandem zum ersten Mal begegnet. Dann kann ich die Person noch nicht vergessen haben.“

Lauren nickte ihm ihren Dank für die Sitzgelegenheit zu, setzte sich vorsichtig und nahm sich das nächste Stück Pizza. „Das hört sich logisch an.“ Sie biss in die Pizza und stöhnte vor Genuss. Bens Augen weiteten sich, überrascht von dem Geräusch.

„Nun, Lauren.“ Ben trommelte nervös auf seinen Knien herum „Ich will ja nicht unhöflich sein, aber ...“ Er konzentrierte sich auf einen Tropfen Fett, der von ihrer Pizza hinunter auf den Boden getropft war. „… warum isst du deine Pizza in meinem Labor?“ Trevor hatte immer eine Freundin: es waren immer blonde, große und schlanke Vampire, wie Lauren. Aber bis jetzt war noch nie eine bis zum Poolhaus gekommen. Manchmal sah er sie im Garten herumstreifen oder hörte sie nachts im Pool schwimmen, und dann waren sie irgendwann wieder verschwunden und einige Monate später tauchte eine neue Freundin auf. Es verwirrte Ben etwas, dass Trevors Geliebte immer Frauen waren, die er auch verwandelt hatte — das machte die Beziehung sicherlich ein wenig komplizierter — aber anscheinend waren solche Liebesgeschichten zwar nicht üblich aber sie kamen vor.

„Trevor lässt mich keine menschlichen Nahrungsmittel im Haus essen.“ Lauren sagte das so selbstverständlich, dass Ben glaubte, er hätte sich verhört. Das war doch nicht möglich. Trevor ließ sie nicht essen? Das hörte sich aber sehr verwunderlich an.

Sie lächelte und bot ihm Pizza aus einer der Schachteln an. „Ich wusste gar nicht, dass hier jemand wohnt. Ich dachte, das Poolhaus wäre nur voller Gerümpel.“ Lauren riss den Deckel von einer Schachtel und bastelte ihm einen improvisierten

Teller, auf den sie ein Stück Pizza mit Ahornspeck und Jalapenos legte. „Probiere das mal. Ich wette mit dir, dass es solche Köstlichkeiten noch nicht gab, als du verwandelt wurdest.“

Ben führte die Pizza an den Mund und nahm einen vorsichtigen kleinen Bissen. „Ich habe mich eigentlich nie für richtiges Essen interessiert -“ Er schwieg überrascht, als eine Geschmackssymphonie seinen Gaumen überflutete. Es schmeckte wie eine Mischung aus einem gemütlichen Kaminfeuer und einem gewaltigen Feuerwerk. „Oh, ist das köstlich!“ Er biss mit gutem Appetit ein größeres Stück ab.

Lauren lachte, ein melodisches Lachen, das ungekünstelt aus ihrem Mund perlte. „Oh, das ist erst der Anfang. Ich ernenne dich zu meinem neuen, geheimen Pizzakumpel.“ Sie stieß mit ihrem Stück Pizza an seines an. „Klink. Pizzaprosit.“

Ben kaute gedankenverloren. „Geheimer Pizzakumpel, ja?“

Lauren verdrehte die Augen. „Trevor sagt, da ich noch ein Neuling im Vampirleben bin, muss ich mich von meinen menschlichen Gewohnheiten entfernen. Hah, als ob ich jemals so gefuttert hätte, als ich noch ein Mensch war. Aber Trevor besteht auf einer strengen Blutdiät, sowohl für sich selbst als auch für mich."

„Aber du musst doch wenigstens etwas Blut zu dir nehmen?", fragte Ben. Trevor war ein Nachkomme von Bens Bruder, Danny. Er war schon immer etwas anders gewesen. Aber selbst wenn sein Neffe einige seltsame Vorstellungen hatte, wie er frisch verwandelte Vampire in ihr neues Leben einführte, so würde er sie doch ganz bestimmt nicht hungern lassen.

„Natürlich!", antwortete sie und Ben entspannte sich wieder. „Aber …" Sie deutete auf ihren schlanken Körper. „Ich habe mein Leben lang hart dafür gearbeitet, so auszusehen und das bedeutete, dass solche leckeren Sachen für mich absolut verboten waren." Lauren grinste und biss herzhaft in ein Stück Pepperoni-Pizza. „Aber jetzt sind diese Kalorien keine Gefahr mehr für mich, und das heißt, dass ich es mir so richtig schmecken lassen kann."

„Bist du deshalb zum Vampir geworden? Ungefährliche Kalorien?" Ben hielt ihr seinen Pappteller hin und Lauren legte ihm noch ein Stück Pizza darauf.

„Das war sicher einer der Gründe, sowie auch die Unsterblichkeit.“ Lauren lachte. „Kannst du ein Geheimnis für dich behalten?“

Ben zuckte die Achseln und blickte sich in seinem chaotischen Labor um. „Wem sollte ich es erzählen?“

Ihre Lippen zuckten etwas nervös. „Trevor hat keine Ahnung, dass ich bereits einiges über Vampire wusste, bevor wir uns kennenlernten. Mein verstorbener Ehemann war ein Bärenwandler und er hat mir sehr viel beigebracht.“ Sie legte einen Finger auf die Lippen. „Verrate mich bitte nicht.“

„Verstorbener Ehemann? Das tut mir sehr leid.“ Ben beugte sich vor und berührte sanft ihre Schulter. Sie nickte. „Er fehlt dir bestimmt sehr.“

„Ich weiß gar nicht, warum ich dir das alles erzähle. Ich wohne bereits seit einem Monat hier, und jetzt, da ich hier bei dir sitze, fühle ich mich ...“ Sie sah sich um, als ob sie das richtige Wort suchte. „Geborgen. Zum ersten Mal seit sehr langer Zeit. Das habe ich sehr vermisst. Mir ist bis jetzt gar nicht bewusstgeworden, wie sehr.“ Sie sprach leise weiter. „Das Leben mit Trevor in seiner Villa ist manchmal etwas heftig.“ Sie rutschte auf ihrem Stuhl herum.

„Dir ist sicher auch schon aufgefallen, dass er ziemlich dominant ist.“

Ben nickte. „Das scheint wirklich seine Art zu sein.“ Er war Trevor zum ersten Mal begegnet als Christopher, ihr Erzeuger, zum Vampirkönig gekrönt wurde. Nach einem kurzen Gespräch hatte Trevor es arrangiert, dass er Bens Förderer sein wollte, sodass Ben sich auf seine Erfindungen konzentrieren konnte und sich nicht mit den Problemen des Alltags herumärgern musste. Bevor er sich versah, innerhalb von einer Woche, war Ben in das Poolhaus eingezogen und alles war geregelt. Das war vor einem Jahr gewesen und die Zeit war seitdem wie im Fluge vergangen. „Wo bist du ihm begegnet?“, fragte er Lauren.

„Wir haben uns in einem Museum kennengelernt, bei einem Galaabend.“ Lauren winkte abschätzend ab. „Trevor war gutaussehend, charmant, reich und genau der Mann, den ich suchte.“

Ben zog überrascht die Augenbrauen hoch.

„Ich schäme mich nicht, von Beruf Ehefrau zu sein,“ erklärte Lauren. „Manche Menschen haben das Talent Brücken zu bauen, Flugzeuge zu fliegen oder Operationen am offenen Herzen durchzuführen. Ich kann mich einfach nur gut um einen Ehemann kümmern.“ Sie zuckte die Achseln. „Natürlich macht es meinen Job sehr viel einfacher, wenn der Ehemann reich ist.“

„Hey, ich werde nicht über dich urteilen. Wenn dir das überhaupt wichtig ist“, sagte Ben.

„Danke.“ Lauren lächelte ihn an. „Um ehrlich zu sein, Trevor hat mich im Sturm erobert. Er war so schick und gepflegt, geistreich und witzig und fand immer das richtige Wort zur richtigen Zeit. Wenn wir uns trafen, dann überraschte er mich mit einem Flug nach Paris, oder wir verbrachten ein erholsames Wochenende auf einer tollen Jacht oder in exklusiven Hotels. Wir haben auch einen Hubschrauberflug über die Stadt gemacht ...“ Sie seufzte. „Es war pure Magie. So führte eins zum anderen und jetzt bin ich ein Vampir.“ Sie stand plötzlich auf, legte ihre Pizza weg und lief durch den Raum. „Was ist deine Geschichte? Wie bist du zum Vampir geworden?“

Ben schluckte schnell seine Pizza hinunter, sodass er sprechen konnte, ohne Lauren mit Käsestückchen zu bespucken. „Ich wuchs in der Mitte des neunzehnten Jahrhunderts in Barbados auf. Eines Tages erwischte mich Christopher, mein

Erzeuger, dabei wie ich eine kaputte Zuckerdestille reparierte. Ich wurde fast weiß vor Schreck. Ich war mir ganz sicher, dass er den Aufseher rufen und mich wieder auspeitschen lassen würde.“ Ben hielt seine dunkelhäutigen Hände hoch. „Menschen, die aussahen wie ich, hatten nicht das Recht, klug zu sein, und meine Besitzer neigten dazu, erst zu schießen und dann Fragen zu stellen.“ Laurens starrte ihn mit geöffnetem Mund entsetzt an und hatte ihre Pizza völlig vergessen. Schnell erzählte Ben weiter. „Aber Christopher tat nichts dergleichen. Er bot mir an, mich zu verwandeln und mich in Sicherheit zu bringen, so dass ich der Menschheit mit meiner technischen Begabung nützlich sein könnte.“

„Dann stehst du ja ganz schön in seiner Schuld. Kein Druck, oder so“, meinte Lauren.

„Nun, ich habe hier und da einige ganz nützliche Dinge entwickelt.“ Er pustete den Staub von der Zeichnung eines selbstfahrenden Fahrrads und zeigte sie Lauren. „Jetzt konzentriere ich mich ganz auf meine Arbeit. Ich möchte, Christophers Vertrauen in mich rechtfertigen und versuche, Lösungen für die ernsten Probleme der Welt zu finden, die immer wieder auftauchen.“

„Ist denn ein Poolhaus der geeignete Arbeitsplatz für die Aufgabe, die du dir gestellt hast?“, fragte Lauren.

„Die Bedingungen sind nicht gerade perfekt, aber es ist ganz praktisch. Meistens bin ich ziemlich zerstreut und ich habe so gar keinen Sinn fürs Geschäft und alltägliche Dinge.“ Ben zeigte auf die Rohrpost, die am Ostflügel von Trevors Haus startete und auf kleinen Stahlgerüsten am Pool entlanglief bis zur Endstation an der Wand des Poolhauses. „Trevor sorgt für alles: finanzielle Unterstützung, Laborausrüstung und dass meine Erfindungen veröffentlicht und benutzt werden. Ich brauche ihm nur eine Notiz zukommen zu lassen. Sieh mal.“ Ben kritzelte das Wort ‘Laborgläser’ auf einen kleinen Zettel und schob diesen in einen Plastikzylinder, den er in die Rohrpost legte. Mit einem zischenden Geräusch sauste der Zylinder hinüber zum Haupthaus.

Lauren sah zu, wie das Zettelchen im Haus verschwand, und wurde plötzlich ganz blass. Sie warf einen Blick auf die Uhr und sprang auf. „Trevor wird sich fragen, wo ich bin. Ich muss schnell zurückgehen. Wir sehen uns, wenn ich den armen Pizzajungen wieder zu dir schicke.“

Normalerweise war er froh, wenn er Leute schnell wieder aus seinem Labor loswurde. Aber, aus irgendeinem Grunde wollte er nicht, dass Lauren ging. Sie hatte ein nettes Gesicht. Leider fiel ihm kein Argument ein, wie er sie zum Bleiben bewegen konnte.

„Bis zum nächsten Mal," sagte er daher nur.

„Bis bald, geheimer Pizzakumpel." Sie blinzelte ihm zu und verschwand.

Lauren lächelte noch, als sie die lächerlich reich verzierte Tür zu Trevors Villa öffnete. Wie gut, dass sie einen sicheren Ort für ihre Pizzaorgien gesucht hatte, sonst wäre sie niemals zum Poolhaus gegangen. Wie auch immer sie sich das Poolhaus vorgestellt hatte, jemanden wie Ben hatte sie dort nicht erwartet. Sie war fest davon überzeugt gewesen, dass alle Vampire so waren wie Trevor: blass, distanziert, und so zeitlos wie ein Filmklassiker. Aber Ben war lebendig. Er steckte voller Energie, so dass er seine gestikulierenden Hände kaum bändigen konnte. Und gleichzeitig hatte er eine beruhigende, bodenständige

Ausstrahlung, die Lauren mit Personal Trainern und Maniküren in Verbindung brachte.

Und — so ungern sie das auch vor sich selbst zugeben wollte — sie hatte niemals in Betracht gezogen, dass es natürlich auch schwarze Vampire gab. Aber dieser hier, Ben, hatte liebe Augen und schöne Hände--

„Wo warst du?"

Sie biss die Zähne zusammen und versuchte, nicht zusammenzuzucken. Trevors Stimme kam ihr jetzt noch knirschender und kälter vor, nachdem sie mit dem liebenswerten Ben zusammen gewesen war. Trevor kam die gewundene Treppe hinunter, umrahmt von den antiken Wandteppichen, die überall hingen. Die Kanten der alten Stoffe waren ausgefranst und die Farben schon durch den Einfluss der Elemente verbleicht.

„Ich bin im Garten etwas spazieren gegangen", erwiderte Lauren. Technisch gesehen keine Lüge. Sie war vom Poolhaus zurück zum Haupthaus gelaufen. Trevor hatte Ben noch nie erwähnt. Er hatte ihr nur gesagt, dass im Poolhaus lauter altes Zeug abgestellt wurde. Das war gewesen, als sie hier eingezogen war und er ihr sein Reich, seine gotische Villa, gezeigt und darauf bestanden hatte, dass sie sich nur hier aufhalten sollte. Damals hatte er seine Befehle noch allgemein ausgedrückt. Die Außenwelt kann gefährlich sein, also wandere besser nicht zu weit weg. Diese Worte waren vage genug, um ihr den Eindruck zu geben, dass sie frei war, hinzugehen, wohin sie wollte. Lauren lernte jedoch schnell, seine Befehle zu interpretieren.

„Ich freue mich ja so sehr, dich zu sehen, mein Geliebter. Du siehst erschöpft aus. Was kann ich für dich tun?", sagte sie schnell, bevor Trevor weitere Fragen stellte.

„Komm her." Trevor zeigte auf den Fuß der Treppe.

Laurens ganzer Körper gehorchte dem Hortari, der sie sofort in Besitz nahm, als er die Worte ausgesprochen hatte, und ihre Füße liefen wie aus eigener Kraft zu ihm. Sie versuchte, dem Befehl zu widerstehen. Sie hoffte jedes Mal, dass ihr Körper ihr gehorchen würde und nicht ihrem Erzeuger. Ihr Herz hämmerte in ihrer Brust. Laurens Füße bewegten sich unaufhaltsam durch den Raum, wie ein aufgezogenes Spielzeug, so dass sie sich fühlte als sei sie völlig aus dem Gleichgewicht geraten und eine Fremde in ihrem eigenen Körper.

So war es immer, wenn er bei ihr war. Lauren fand es leichter, sich dem Befehl hinzugeben, tief und ruhig durchzuatmen und ihre Beine, eins nach dem anderen, vorwärts schwingen zu lassen. Niemals würde sie das erste Mal vergessen, als der Hortari sic in scinc Gewalt zwang. Sie war gerade erst einen Tag lang Vampir und probierte ihre neuen Fähigkeiten aus. Die große Halle war ideal für ihre Experimente. Die vier Stockwerke hohe, gewölbte Decke bot ihr ausreichend Raum, um zu sehen, wie hoch sie jetzt springen konnte.

Das Gefühl war atemberaubend toll: Es war fast wie Fliegen, mit jedem Sprung flog sie höher. Nur noch ein paar Sprünge, und sie war sicher, sie würde die Decke berühren. Doch dann war Trevor gekommen und hatte ihr gesagt, sie solle aufhören wie ein Kind herumzuhopsen und still sein. Sie war sofort wie ein Stein zu Boden geplumpst und ihre Füße standen fest auf dem Boden. Egal wie sehr sie sich bemühte, sie konnte keinen Schritt tun, bis er ihr die Erlaubnis erteilte.

Im Haus war es noch kälter als die Nachtluft draußen. Die schmalen Fenster an den grauen Wänden lagen so hoch oben, dass sie kaum Mondlicht einließen und die Kälte im Raum gefangen hielten. Es gab zwar riesige Kamine, die für knisterndes Feuer bestimmt waren, aber sie wurden nie befeuert und waren kalt und dunkel. Lauren wusste, dass Vampire keine Wärme benötigten, aber die kalte Atmosphäre in diesem Haus ließ sie innerlich und äußerlich erzittern, und es wurde im Laufe der Tage nicht besser.

Ihre Füße trugen sie durch den Raum und hielten genau an der Stelle an, die Trevor angezeigt hatte. In dem Moment, als der Befehl ausgeführt war, entspannte sie sich. Der Zwang des Hortari war bis auf Weiteres aufgehoben. Lauren lächelte ihren Freund und Erzeuger an.

„Ja, Liebling?" Der Kosename hörte sich etwas gezwungen an, aber sie schaffte es, ihm ein warmes Lächeln zu schenken, das echt wirkte. Einige ihrer Freundinnen hatten ebenfalls Männer gehabt, bei denen es ein paar Jahre gedauert hatte, bis man sie in den Griff bekam. Sie hatte schließlich noch Jahrhunderte Zeit mit Trevor, um herauszufinden, wie er tickte. Wenn sie nur lange genug durchhielt, würde sie ihn irgendwann um den kleinen Finger wickeln können.

Er wischte mit seinem Taschentuch über das hölzerne Treppengeländer und hielt ihr dann den mit grauem Staub verschmutzten, weißen Stoff hin. „Das Haus ist schmutzig. Du hast es doch früher so gern für mich sauber gehalten."

Und wann soll das gewesen sein? Lauren hatte immer ihren eigenen Kram sauber und in Ordnung gehalten, aber die vielen Räumc in Trevors Palast zu putzen war ihr nie den Sinn gekommen. Ganz sicher hatte sie nie behauptet, so etwas gern zu tun.

Im letzten Monat hatte Lauren ihn zweimal nach dem Hauspersonal gefragt, aber noch kein anderes Lebewesen im Haus gesehen. Das Haus war so riesengroß, es musste einfach Personal geben, um es zu putzen, alles in Ordnung zu halten und den Garten zu pflegen. In den ersten Tagen hatte sie am Tage, wenn sie schlief, Geräusche gehört, die darauf schließen ließen, dass Reinigungskräfte am Werk waren, aber in den letzten Wochen hatte sie nichts mehr gehört und Staub und Schmutz machten sich mehr und mehr bemerkbar.

„Wenn du möchtest, höre ich mich mal ein bisschen um. Ich habe viel Erfahrung darin, gutes Personal zu finden." Sie ging näher auf ihn zu und legte sanft die Hand auf seinen Arm. Es gefiel ihm, wenn sie ihn spontan und ohne Aufforderung berührte. „Wenn dein bisheriges Personal deine Ansprüche nicht mehr erfüllt, dann kann ich dir eine gute Reinigungsfirma empfehlen. Außerdem würde ich mich gern nach Teilzeitkräften für den Garten umsehen. Vielleicht--“

„Lauren.“ Er tätschelte ihre Hand und beugte sich dann vor und nahm ihr Gesicht in beide Hände. „Ich möchte, dass du dich selbst um unser Heim kümmerst.“

Oh Scheiße. Das ist zu ungenau. Lauren wurde blass, zwang sich aber weiter zu lächeln. Sie hatte eine schreckliche Vorahnung: wie ihr Körper für den Rest der Ewigkeit gezwungen wurde, dieses riesige, beschissene Haus zu putzen, in einem ständigen Kampf gegen Staub, ohne zu schlafen oder zu essen. Kümmern konnte aber auch als Personal einstellen interpretiert werden. Sie atmete aus. Ich werde das schon irgendwie schaffen. Er muss nur glauben, dass er derjenige ist, der alles unter Kontrolle hat.

„Selbstverständlich, mein Liebster. Wo soll ich anfangen?“

Trevor lächelte. „Mit dem Bücherregal in meinem Schlafzimmer. Dort wirst du einige meiner wertvollen Bücher kennenlernen. Staube sie ab und sorge dich um sie.“ Er fasste sie beim Kinn und hob ihr Gesicht an, als ob er sie küssen wollte. „Sie verdienen deinen Respekt.“ Kleine Speicheltröpfchen trafen ihr Gesicht, doch ihr Lächeln erlosch nicht.

„Ich verstehe.“ Kaum hatte sie die Worte ausgesprochen, da bewegte sich ihr Körper schon unaufhaltsam zur Treppe, nach oben zu Trevors Schlafzimmer. Hinter ihr erklang Trevors hohes und schrilles Lachen.

„Das ist mein Mädchen.“

Der enorme Zwang des Hortari ließ etwas nach, als sie in Trevors Schlafzimmer ankam. Lauren hatte keine Ahnung, wo die Reinigungsmittel aufbewahrt wurden, also nahm sie sich ein Hemd aus einem beängstigend riesigen Haufen schmutziger Wäsche (sie mussten wirklich Hauspersonal einstellen, das war ja lächerlich) und wandte sich dem Bücherregal zu.

Bevor sie mit Trevor zusammengezogen war, hatte sie nicht viel über Bram Stokers Dracula gewusst, aber jetzt kannte sie das Buch besser, als sie es sich je hätte träumen lassen. Irgendwie hatte Trevor es geschafft, sich ein Exemplar aus jeder der insgesamt tausendneunundzwanzig Ausgaben zu verschaffen. Sein speziell angefertigtes Bücherregal für diese Sammlung trug den eingearbeiteten Schriftzug:

Hören Sie die Kinder der Nacht? Was für Musik sie machen!

Sie wischte mit dem Hemd über die Wörter und war froh, als der Stoff die Worte zum Teil verdeckte.

Als sie hier eingezogen war, hatte sie das Buch gelesen um Trevor eine Freude zu machen, da es offensichtlich sein Lieblingsbuch war. „Ihhh." Der kleine Ausdruck des Ekels, der ihr beim Lesen über die Lippen kam, war so leise, dass niemand ihn hören konnte, verschaffte ihr aber ein bisschen Erleichterung. Horrorbücher waren nicht ihr Ding, aber Trevor zuliebe wollte sie versuchen an seinem Lieblingsbuch Gefallen zu finden.

Staube sie ab, sorge für sie. Abstauben war leicht. Ihre Hand erledigte das von selbst. Sie fuhr mit dem Tuch automatisch an den Buchrücken entlang, über sie hinüber und über das kleine Stück Regal vor den Büchern, ohne sie groß zu berühren. Sie musste ja nicht gründlich abstauben, nur gerade genug, um den Hortari zu erfüllen. Sorge dich um sie; dieser Befehl war zu vage, um etwas Besonderes von ihr zu erwarten. Der Hortari konnte sie nicht zwingen, irgendetwas zu empfinden, und um sich um etwas zu sorgen, musste man etwas dafür empfinden. Wenn man bedachte, dass Trevor ständig den Hortari verwendete, konnte Lauren wirklich dankbar sein, dass er seine Befehle meistens so ungenau formulierte.

Das Leben könnte schlimmer sein, ermutigte sie sich selbst, während ihre Hände eine Bücherreihe nach anderen, ohne ihr Zutun, abstaubten. Zum Beispiel hatten Trevor und sie getrennte Schlafzimmer. Der Sex im Restaurant, bevor er sie verwandelt hatte, war wirklich toll gewesen, aber dann hatte ihr Körper ein paar Tage Ruhe gebraucht, um den Übergang von Mensch zu Vampir zu durchlaufen. Trevor hatte sie in einem Gästezimmer untergebracht. Ihre Glieder hatten sich angefühlt als ob jedes von ihnen Hunderte von Pfund wog, und sie konnte nur verschwommen sehen, als ob sie vollkommen berauscht war. Erst als sie ihre volle, übernatürliche Kraft erreicht hatte, über Bäume springen und Spinnen an der Decke krabbeln hören konnte, sagte er ihr, dass er warten würde, bis sie bereit war, in sein Schlafzimmer zu ziehen.

Sie wischte energisch über die oberste Buchreihe. Ich weiß, dass du irgendwann bettelnd angekrochen kommst, hatte er, mit seinem selbstherrlichen Grinsen auf den Lippen, gesagt. Sie war eigentlich mehr als bereit für heißen Vampirsex gewesen, bis er diese Worte äußerte. Es war eine gewisse Bosheit darin, die sie vorher nie an ihm bemerkt hatte und die ihr Angst machte. Dann begannen seine ständigen Befehle, und sie war dankbar für jede Gelegenheit, ihm fernzubleiben. Trotz seines ganzen Geredes über seine ewige Braut der Nacht hatten sie nicht geheiratet. Das war für sie ein weiterer Grund, Trevor so lange wie möglich auf Armeslänge von sich fernzuhalten.

Sie seufzte. Eigentlich schiebe ich nur das Unvermeidliche hinaus. Lauren wusste, wie die Sache lief. Sie lebte in seinem Haus und trank das Blut, das er ihr gab. So ein Arrangement hatte immer einen Preis, aber ohne ein festes Haushaltsgeld, mit dem sie beweisen konnte, dass sie sehr gut in der Lage war, einen großen Haushalt einwandfrei zu führen, gab es nur noch eine Sache, die sie ihm bieten konnte, um nicht rausgeschmissen zu werden.

Ich krieg das schon irgendwie hin. Mit geschlossenen Augen stellte sie sich vor, dass ein

Anderer hier bei ihr im Raum war. Ein hochgewachsener Mann mit warmen Augen, dunkler Haut und großen Händen, die sogar einen Schraubenschlüssel mit Respekt berührten. Einer, der jeden Moment im Leben mit einem etwas naiven Staunen betrachtete und der über seine schreckliche Vergangenheit sprach, als sei sie nur ein böser Traum gewesen. Sie stellte sich Bens Mund auf ihrer Haut vor, wie er seine ganze, enorme Energie nur auf sie konzentrierte, wie seine Zunge zwischen ihre Schenkel glitt und ihre Spalte leckte, wie sein Mund an ihrer Knospe saugte ...

Ihre Hand hielt jetzt still. Sie hatte die letzte Bücherreihe erreicht, ohne es zu bemerken. Endlich konnte sie sich entspannen, ihre Armmuskeln schmerzten, nach der langen Arbeit ohne Pause. Das Abstauben war beendet, der Zwang des Hortari aufgehoben. Sie ließ sich an der Wand hinabsinken und legte den Kopf auf die Knie. Es war sinnlos, sich Ben als Liebhaber vorzustellen. Er war ein bettelarmer Erfinder und genauso abhängig von Trevor wie sie. Außerdem betrachtete er seine Reagenzgläser mit mehr Zuneigung als sie.

„Aber Liebling, du musst doch nicht auf dem Boden auf mich warten“, sagte Trevor und betrat lächelnd den Raum. Er trug einen Smoking, den Lauren von einem früheren, sehr schicken Date wiedererkannte. Damals hatte er für sie ausgesehen wie James Bond, aber nun — vielleicht wegen ihrer geschärften Sinne — sah er aus wie ein schäbiger Butler in einem billigen Krimi.

Sie schüttelte den Kopf. Trevor war ihr Geliebter, sie wollte ihn mögen. Sie musste ihn mögen.

„Ich habe etwas für dich gekauft", verkündete Trevor.

„Oh?" Dieser Satz hatte sie sonst immer so glücklich gemacht, warum klappte das heute nicht?

Er tänzelte zu seinem Schrank und nahm ein bodenlanges, blaues, hautenges Seidenkleid heraus, das vorn und hinten so tief ausgeschnitten war, dass es wirkte wie eine Couture-Latzhose.

„Danke." Lauren stand auf. Bei diesem Kleid würde sie einige Tricks anwenden müssen, damit es ihr nicht ständig vom Körper rutschte. Gott sei Dank hatte sie bei ihrem Einzug, in Vorbereitung auf genau solche Geschenke, ihre spezielle Unterwäsche und Körperklebebänder mitgebracht. Sie ließ ihre Hand über den glatten Stoff gleiten. Das Kleid war traumhaft schön.

„Wir gehen heute Abend in die Oper. Ich möchte, dass du dieses Kleid trägst."

Lauren lächelte ihn an. Ich möchte, das bedeutete, dass sie die Wahl hatte. Auch wenn sie nie eine besondere Opernliebhaberin gewesen war, freute sie sich über die Gelegenheit, zum ersten Mal seit ihrem Einzug, aus dem Haus zu kommen. Das war doch schon mal vielversprechend. Sie wollte sich viel Mühe geben, um diesen Abend zu einem Erfolg werden zu lassen, damit ihre Beziehung zu Trevor wieder richtig in Gang kam.

Sie nahm sich einige Stunden Zeit, um ihr Make-up, ihre Frisur und ihr Dekolleté perfekt zu gestalten. Dann fuhren sie los. Als sie aus der Limousine stiegen und Hand in Hand Treppe mit dem roten Teppich zum Opernhaus hinaufstiegen, fühlte sie sich wieder auf vertrautem Boden.

Genau das war es, worin sie richtig gut war. Sie lächelte einigen Hexen zu, die sie während ihrer Ehe mit Nikolai kennengelernt hatte, und winkte drei Tigerwandlern auf der anderen Seite des Raums zu. Diese Drei waren dafür bekannt, dass sie heftigen Sex in ihrer Loge hatten, sobald die Oper anfing.

Lauren lächelte strahlend. Seit sie ein Vampir geworden war, war sie nie weiter gekommen als bis zum Poolhaus. Es war faszinierend als Vampir unter Menschen zu sein. Als sie noch mit Nikolai verheiratet war, musste sie immer warten, wenn sie jemandem vorgestellt wurden, bis sie mit Nikolai allein war und er ihr erzählen konnte, ob die jeweilige Person ein verfluchter Wikinger, eine Fee oder ein Troll war. Jetzt aber konnte sie es an ihrem Blut riechen. Und vieles mehr. Mit einem einzigen Atemzug wusste sie, wer die Oper einer geliebten Person zuliebe besuchte, wer vorgeben wollte, kultiviert und gebildet zu sein und wer die Oper wirklich liebte und schätzte (was auf mehr Personen zutraf, als sie gedacht hatte). Die Erregung der Tigerwandler und ihre Ungeduld, sich gegenseitig die Kleider vom Leib zu reißen, was so deutlich, dass sie sie auf zehn Meter Entfernung riechen konnte. Andererseits warfen sie sich aber auch so heiße Blicke zu, dass man keine Vampirsinne benötigte, um zu wissen, was in der Loge passieren würde, sobald sich der Vorhang hob.

„Meine große Liebe, Felicity, liebte die Oper“, ließ Trevor sich plötzlich vernehmen. Er sah sich in dem in Rot und Gold eingerichteten Raum um. Sein Blick wanderte über die Kronleuchter, die so groß waren wie ein Auto, und die modernen

Gemälde, die, wenn man sie flach auf den Boden gelegte hätte, größer gewesen wären als der Grundriss des Hauses, im dem Lauren aufgewachsen war.

„Oh?“

Er drehte sich zu ihr um und fixierte sie mit seinem kalten, blauen Blick. „Du erinnerst mich an sie. Felicity war atemberaubend, anmutig und elegant, eine Dame durch und durch, gelassen, ruhig und liebenswert. Felicity wusste, was wahre Schönheit ist ...“

Laurens Gedanken schweiften ab. Er hatte seine Exfreundin schon einige Male erwähnt, aber noch nie so von ihr geschwärmt. Es muss an diesem Ort liegen. Auch sie war mit Nikolai oft in die Oper gegangen, wenn er auswärtige Gäste aus anderen Wandlerclans ausführen musste. In jeder Ecke lauerten Erinnerungen: wie Nikolai ihr ein Glas ihres Lieblingsweins brachte oder wie sie seine Gäste mit ihrem Charme betörte, wenn Nikolai in seiner derben Art unabsichtlich jemanden gekränkt hatte. Sie spürte noch das vertraute Gefühl von Nikolais Hand an ihrem Rücken, als sie durch die Halle lief. Trevors Hände fummelten an seinem Glas herum. Seine Finger streichelten das Glas, während er in

Erinnerungen schwelgte, den Blick in die Ferne gerichtet.

„Felicity war so wunderschön in Rot, du hättest sie sehen sollen -“

„Liebling, ich glaube, wir müssen unsere Plätze einnehmen“, unterbrach Lauren ihn. Der Gong erklang noch einmal und verkündete, dass die Vorstellung gleich beginnen würde. Lauren hakte sich bei Trevor ein und führte ihn zum Theatereingang.

„Ah ja, natürlich. Danke. Du bist wirklich sehr aufmerksam, Lauren. Fast wie Felicity.“

Wie passend. Sie schaffte es gerade noch, diese Worte zurückzuhalten. Trevor hasste Sarkasmus.

Sie kamen zu ihren Plätzen: eine private Loge seitlich der Bühne, mit einem großartigen Blick auf die gesamte Bühne sowie (viel interessanter) auf die Seitenbühne, wo die Schauspieler auf ihren Auftritt warteten und die Bühnenbilder vorbereitet wurden.

Gib dir Mühe, ermahnte sie sich selbst. Sie sah Trevor von der Seite an und entspannte sich ein bisschen. Er lehnte sich lächelnd in seinem Stuhl zurück und legte seinen Arm in einer intimen Geste auf ihre Rückenlehne.

„Trevor, Liebling. Wenn ich früher mit Freunden in die Oper gegangen bin, dann haben wir ein kleines Spiel gespielt, damit die Zeit schneller umging.“ Auch wenn er nichts von Nikolai wusste — der Begriff Witwe erweckte immer einen Eindruck von Alter — gab es keinen Grund, warum sie das Spiel nicht spielen sollten. Sie hob ihm ihr Glas entgegen. „Wann immer die Falltür zum Einsatz kommt, oder wenn jemand eine Note länger als zehn Sekunden hält, muss man einen Schluck trinken, oder -“

„Das ist mir zu gewöhnlich“, unterbrach Trevor sie sofort. Er nahm seinen Arm von ihrer Rückenlehne. „Du darfst dieses Spiel nicht spielen.“

Der Hortari machte sich sofort in ihren Händen bemerkbar. „Aber -“

„Und du wirst auch nicht darüber sprechen.“

Ihre Stimme versagte und die Worte blieben ihr buchstäblich im Hals stecken.

Nicht gut, das war überhaupt nicht gut.

Endlich hob sich der Vorhang und die Aufmerksamkeit des Publikums richtete sich auf die Bühne. Lauren nahm die Sänger und die Musik kaum wahr. Sie musste gegen ihre aufsteigenden Tränen ankämpfen. Oh wie sehr vermisste sie Nikolai! Sie vermisste seine zuverlässige Stärke und seinen trockenen Humor, den er allein für sie reservierte, wenn sie zwischen Clantreffen und größeren Events mal ein paar ruhige Momente für sich allein hatten. Der Sinn des vorhin erwähnten Spiels war eigentlich nicht, ihnen die Langeweile zu vertreiben, weil keiner von ihnen Italienisch verstand oder das Theater auf der Bühne zu lange dauerte, sondern es war ein privates Spiel, das sie beide liebten und das ihnen auch inmitten einer großen Menge Momente der Zweisamkeit verschaffte.

Ben würde es verstehen. So schnell dieser unerwartete Gedanke ihr durch den Kopf schoss, so schnell verdrängte sie ihn auch wieder.

Auf der Bühne öffnete sich eine Falltür und förderte eine Frau zutage, die einen riesigen, goldenen Kopfschmuck trug, der aussah wie ein Segelboot mit Stierhörnern.

Falltür, einmal trinken, prostete sie sich innerlich zu und hob das Glas, um einen Schluck zu trinken.

Aber ihre Hand bewegte sich nicht.

Trevor starrte finster auf die Bühne. Er hatte die Arme fest vor der Brust verschränkt.

Da der Hortari ihr das harmlose Trinkspiel verbot, konnte sie das Glas nicht an die Lippen führen. Also wartete sie einen Moment und nahm dann einen großen Schluck Wein. Na klar, wenn es nichts mit dem Spiel zu tun hat, kann ich trinken so viel ich will.

Den ersten Akt verbrachte Lauren kochend vor Wut. Zu Hause hatte sie heimlich einige Blutbeutel in ihrer Handtasche verstaut und nun goss sie sich etwas Blut in ihr Weinglas, sobald sie den Wein getrunken hatte. Sie konzentrierte sich auf den Geschmack des Blutes, das ihre Kehle hinunter rann und hoffte, sich dadurch etwas beruhigen zu können. Das Blut stammte von einer quirligen Drachenwandlerin auf Hochzeitsreise. Lauren hatte gehofft, dass das Glück neuer Liebe, das darin enthalten war, den Abend für sie etwas fröhlicher gestalten würde. Aber ihre eigenen Gefühle — am liebsten hätte sie Trevor mit einem stumpfen Gegenstand niedergeschlagen — standen in extremem Gegensatz zu dem strahlenden Glück der Drachenwandlerin. Sie ließ sich immer tiefer in ihren Sessel sinken.

Der Vorhang fiel und die Lichter gingen an. Es war Pause. Zum ersten Mal in ihrem Leben wünschte Lauren sich, dass der erste Akt etwas länger gedauert hätte.

Trevor nahm ihre Hand mit eisernem Griff und drückte ihre feinen Fingerknochen knirschend zusammen.

„Liebling, du tust mir w -“, begann sie.

„Wir gehen.“ Er zog sie mit einem scharfen Ruck hoch und lief so schnell mit ihr los, dass sie stolperte und auf den Teppich der Loge fiel. Sie stieß ihren Ellenbogen heftig am hölzernen Geländer und der Schmerz fuhr durch ihren ganzen Körper. Trevor wartete nicht, bis sie aufgestanden war, sondern räusperte sich ungeduldig, lief weiter und rief über seine Schulter zurück, dass sie „sich doch beeilen solle.“

Sofort setzte der Hortari ein und jede Bemühung um Anmut war vergebens. Lauren schleuderte ihre Schuhe fort und schob ihr Kleid zur Seite, um so schnell wie möglich aufstehen zu können. Willenlos liefen ihre Füße hinter Trevor her, der schnell vorausging. Lauren warf einen Blick zurück in die Loge. Einer der Stühle war umgefallen, als sie so schnell aufstand, und hatte eines der Gläser mit Blut umgeworfen. Ihre zurückgelassenen Schuhe waren mit dem roten Blut bespritzt, ruiniert. Sie holte Trevor erst in der Halle ein.

„Felicity hätte diesen Abend zu schätzen gewusst“, brummelte er so leise vor sich hin, dass sie es ohne ihr verschärftes Vampirgchör gar nicht mitbekommen hätte. „Ich habe diese blöde Vorstellung schon tausend Mal gesehen. Ich habe das für dich getan.“

Sie liefen durch die gewundenen Korridore der alten Halle, die Treppe hinunter und zum Ausgang hinaus, bevor die meisten anderen Zuschauer von ihren Sitzen aufgestanden waren.

„Gehen wir?“, fragte Lauren, als sie durch die Vordertür hinausgingen. Ihre Füße wurden auf den marmornen Stufen erbärmlich kalt, aber sie hatte Angst, sich zu beklagen. „Trevor, bitte sprich mit mir.“

„Worüber sollen wir sprechen? Du hast keine Anmut, keine Klasse. Du weißt die besseren Dinge im Leben nicht zu schätzen, Felicity, die Dinge, die ich dir bieten kann. Hast du eigentlich eine Ahnung, was ich alles für dich aufgegeben habe? Weißt du gar nicht, dass das, was ich dir gegeben habe, alles was ich dir gegeben habe, ein Geschenk ist, um dir meine unsterbliche Liebe zu beweisen?“

„Trevor, du machst mir Angst. Ich bin es, Lauren.“ Sie musste sich beeilen, um mit ihm mithalten zu können. Vorsichtig berührte sie seinen Arm. „Trevor, ich bin Lauren.“

Er warf ihr einen Blick zu und sah dann wieder weg. Er blieb erst stehen, als sie den Parkplatz erreichten und er den Chauffeur herbeiwinkte. Unsanft stieß Trevor sie auf den Rücksitz. Eine kalte Furcht ergriff Lauren.

„Sitz still und halt den Mund“, befahl Trevor.

Innerlich schrie Lauren verzweifelt auf. Am liebsten hätte sie Trevor angebrüllt, dass er so ein Arschloch war, am liebsten hätte sie ihn mit scharfen Worten gemaßregelt, weil er sie vor der ganzen Gesellschaft, um deren Anerkennung sie so hart gekämpft hatte, blamiert hatte. Wie viele Leute hatten gesehen, dass sie in der Loge hingefallen war? Wie viele hatten sie barfuß zum Parkplatz laufen sehen? Wie konnte sie ihr Gesicht jemals wieder in der Öffentlichkeit zeigen?

Aber sie konnte sich nicht bewegen und kein Wort sagen. Nur ihr Herz schlug kräftig in ihrer Brust und versorgte ihren Körper mit Blut und

Energie für einen Streit, den sie nicht mit Worten führen konnte.

Sie blickte aus dem Fenster, auf die Lichter, die sich über ihr in der Decke des Wagens widerspiegelten, nur nicht zu dem Mann neben ihr, der ihr gerade sagte, wie wunderschön sie heute Abend aussah, und wie schön es doch war, wenn sie sich nicht stritten.

Ich kann das nicht mehr ertragen.

„Na... hattet ihr einen schönen Abend?“, fragte Ben. Er hatte Trevor und Lauren gestern Abend in ihrer Abendgarderobe gesehen, als sie das Haus verließen. Lauren hatte in dem blauen Kleid traumhaft schön ausgesehen, obwohl er sie jetzt in Pulli und Jeans beinahe noch schöner fand.

Lauren schüttelte den Kopf. „Ich will gar nicht darüber reden.“

Sobald die Sonne untergegangen war, hatte sie sich zum Poolhaus geschlichen und konnte sich erst richtig entspannen, nachdem sie die Tür hinter sich geschlossen hatte. Es hatte ein paar Minuten gedauert bis Ben kapiert hatte, wie er mit seinem Handy Pizza bestellen konnte, aber eine halbe

Stunde später, hatte sie ihre Pizza bekommen und lachte, weil sie ihren Pullover mit kleinen Speckstückchen bekleckert hatte.

Ben wagte kaum zu atmen und versuchte das Zittern seiner Hände zu kontrollieren, als er vorsichtig die letzte Membrane in seine Erfindung einsetzte.

„Bleib in Deckung“, warnte er, da die dünne Membrane in der sanften Brise flatterte.

„Glaub mir, ich gehe nicht in die Nähe von diesem Ding“, antwortete Lauren, den Mund voller Spinat-Artischocken-Pizza. Sie hatte es sich unter einem von Bens zahlreichen Labortischen gemütlich gemacht und sich eine kleine Burg aus Blechen und Kisten gebaut, nicht, um sich zu schützen, sondern um sich etwas über Bens „verrückte Wissenschaft“ lustig zu machen. Sie lugte aus ihrem Versteck heraus. „Jetzt sag mal ehrlich, wie viele interdimensionale Portale hast du schon versehentlich erschaffen?“

Ben kicherte los. „Hey, bring mich nicht zum Lachen“, zischte er. Er hatte Angst, mit normaler Lautstärke zu sprechen. Wenn Lauren hier bei ihm im Labor war, kam ihm alles viel spannender und realer vor. Es war jedenfalls noch nie vorgekommen, dass er ein Experiment versaut hatte, weil er plötzlich lachen musste. Es war merkwürdig, aber es gefiel ihm.

Vorsichtig bewegte Ben die Membrane, die aus einem neuen Polymer bestand, das er extra für diesen Zweck entwickelt hatte. Es neigte dazu, sich zu entzünden, wenn es zu schnell in Wasser getaucht wurde, aber — wenn es ihm gelang, es die Membrane richtig einzusetzen—würde das die Effizienz des Rotors enorm verbessern. Er konzentrierte sich auf die Zange in seiner Hand und senkte sie langsam ab.

„Ben!“, kam Trevors Stimme vor dem Haus. Dann wurde die Tür mit Schwung geöffnet und krachte gegen die Wand.

Ben zuckte zusammen, ließ die Zange los und die Membrane fiel in den Entsalzer. Eine Flamme schoss in die Höhe, knapp an Bens Gesicht vorbei, als er in Deckung ging.

Laurens Schreckensschrei wurde von der Sirene übertönt, die losheulte, als das Sprenklersystem aktiviert wurde und Wasser aus den Düsen an der Decke spritzte. Das Löschsystem durchnässte das ganze Poolhaus und löschte das Feuer. Ben vergewisserte sich schnell, dass Lauren unter dem Tisch unverletzt und sicher war. Sein

Computer war mit einer Schutzfolie aus Plastik abgedeckt und alles Wertvolle war in seinem Schlafzimmer unten im Keller.

„Ein Besuch bei dir ist immer interessant, alter Junge." Trevors langer, schwarzer Umhang, den er über seinem schwarz-silbernen Samtanzug trug, war durch und durch nass, ebenso wie die Papiere, die er mitgebracht hatte. Erst jetzt wurde Ben bewusst, dass auch er vor Nässe triefte und ihm das Wasser über das Gesicht lief. Trevor warf die durchgeweichten Unterlagen genervt in den Mülleimer.

„Eigentlich wollte ich dir einige Dokumente von den Investoren zum Unterschreiben bringen, aber so wie es aussieht, muss ich diese Formulare noch mal für dich ausdrucken."

Ben stellte erstaunt fest, dass Trevor heute sehr guter Laune zu sein schien. Lauren saß immer noch still in ihrem Versteck und hatte anscheinend keine Lust herauszukommen und ihren Geliebten zu begrüßen. Ben fragte sich, welches Licht das wohl auf seinen Neffen warf. Sie waren beide Nachkommen von Danny, aber Trevor war eine Generation jünger als Ben. Ihre ganze Nachkommenslinie war bekannt für Empathie, Kreativität und Gutmütigkeit anderen gegenüber. Das unterschied sie sehr stark von Bens Onkel Rhys und seinen Nachkommen, die alle den Hortari missbrauchten. Wenn Trevor seine Nachkommen nicht gut behandelte, dann musste Ben den König davon unterrichten. Aber er brauchte stichhaltige Beweise. Sein Bauchgefühl allein reichte nicht aus, um zu handeln. Und trotzdem ...

„Tut mir leid." Ben deutete auf die Spuren seines missglückten Experiments. „Leicht entzündliche Polymere, du weißt ja, wie das ist."

„Nein, eigentlich habe ich keine Ahnung." Trevor säuberte einen Stuhl und warf seinen Umhang mit der theatralischen Geste eines mittelmäßigen Schauspielers zur Seite. Ben musste lächeln. Das war sein seltsamer, zu dramatischen Gesten neigender Neffe. Das Unbehagen, das Ben vorhin verspürt hatte, war wohl nur der Tatsache zuzuschreiben, dass Trevor einfach ein etwas seltsamer Vogel war.

Trevor legte die Finger unter dem Kinn zusammen. „Und, wie geht es mit deinem neuesten Projekt voran?"

„Ich bin immer noch damit beschäftigt, meinem Entsalzer den letzten Schliff zu geben." Ben zog eine gerollte Zeichnung aus einem Haufen von

Drähten und Gummischläuchen. Aus dem Augenwinkel sah er, wie Lauren sich tiefer in ihr Versteck zurückzog. Ihre Beziehung geht mich nichts an, ermahnte er sich und verdrängte das unbehagliche Gefühl, das ihn wieder überkam.

Trevor riss ihm die Zeichnung aus der Hand, fuhr mit dem Finger sachverständig über die Seite und gab Kommentare wie 'aha' und 'hmmm ... interessant' von sich.

„Trevor ..." Ben drehte den großen Papierbogen um, der Trevors Gesicht verdeckt. „Du hältst das falsch herum."

Trevor starrte ihn an. Sein Gesichtsausdruck änderte sich in einem Sekundenbruchteil von freundlich zu extrem wütend.

He ho. Ben trat einen Schritt zurück.

„Wie kannst du es wagen, mir die Zeichnung falsch herum zu geben. Du bekommst von mir alles, was du brauchst, um an deinen Erfindungen herumzubasteln und zum Dank willst du mich lächerlich machen?" Trevors Stimme war wuterfüllt.

„Aber ... du hast mir die Zeichnung aus der Hand -", stotterte Ben.

„Genug! Lass mich sehen, was du bis jetzt mit meinem Geld geschafft hast."

„Richtig. Ähm.“ Ben zog seine geliebte Erfindung hervor und polierte die glänzenden Metallteile noch einmal. „Das hier ist bis jetzt das vielversprechendste Modell. Ich lege etwas Plastikabfall, wie zum Beispiel diese Plastikflasche, in diese Öffnung hier.“ Er öffnete eine Klappe und stopftc cinc zusammengeknüllte Flasche hinein. „Dann füge ich hier etwas Meerwasser hinzu.“ Er goss etwas Meerwasser durch einen Trichter in die Maschine. „Und voila!“ Ben betätigte einen großen, roten Knopf und die Maschine begann zu rattern und furchtbare, knirschende Geräusche von sich zu geben. Die Instrumente auf dem Labortisch vibrierten im Takt mit der Maschine.

„Es dauert nur ein paar Sekunden!“, schrie Ben.

„Schalte sofort diesen furchtbaren Krach ab!“, kreischte Trevor und hielt sich die Ohren zu.

Ein helles „Ding!“ erklang und die Maschine stand still. Ben zog zwei Glasbehälter au seiner Seitenklappe heraus.

„Hier sind unsere guten, sowie auch unsere schlechten Nachrichten“, sagte Ben. „Wir erzeugen trinkbares Wasser, aber produzieren auch dieses Abfallprodukt.“

Trevor nahm das Fläschchen mit dem braunen Abfallprodukt, schnüffelte daran und lächelte. „Benzin ist kein Abfallprodukt.“ Trevor klopfte Ben auf die Schulter. „Du hast es geschafft! Du hast einen Weg gefunden, Plastik in Benzin zu verwandeln!“„

Ben verzog das Gesicht. „Ich habe einen Weg gefunden, um anhand von Plastik Meerwasser in Trinkwasser zu verwandeln.“

„Richtig, richtig. Das ist fantastisch.“ Trevor hörte nicht auf, den Behälter mit dem Benzin zu fixieren. Sein Interesse daran machte Ben immer nervöser.

Vorsichtig nahm Ben Trevor den Glasbehälter ab. „Ich arbeite immer noch an einem Prototyp. Mit jeder Version wird die Maschine besser. Die Menge des erzeugten Trinkwassers wird ständig höher und der Benzinabfall immer weniger.“

Trevor sprang auf. „Du kannst sie so lassen. Deine Maschine ist super so, wie sie ist. Wir können sie in einigen Wochen den Investoren vorführen. Mit meinem Geschäftssinn und deinem Erfindergeist, sind wir unschlagbar. Du, ich und meine Lady, wir werden damit ganz groß rauskommen, das sage ich dir.“

Meine Lady. Ben musste sich beherrschen, um nicht das Gesicht zu verziehen. So wie Trevor die Worte aussprach, lief es ihm kalt den Rücken hinunter.

„Ja, wie geht es denn mit dir und deiner neuesten Lady?“ Da cr wusste, dass Lauren mithören konnte, wählte Ben seine Worte mit Vorsicht.

Trevor grinste. „Ich glaube, ich habe in Lauren endlich die Richtige gefunden.“

„Das ist wunderbar. Aber es ist nicht das erste Mal, dass du das über eine Freundin sagst.“ Das hast du bei den letzten Dreien auch schon behauptet, fügte Ben in Gedanken hinzu.

„Diese blöden Tussis, denen ich vor Lauren den Hof machte, hatten keine Ahnung wie man für einen Mann sorgt. Lauren ist sehr vielversprechend. Ich bin sicher, dass ich sie zu der Frau zurechtbiegen kann, die ich brauche“, sagte Trevor höhnisch.

Das muss nicht bedeuten, dass etwas nicht stimmt, versuchte Ben, sich selbst zu überzeugen. Er war Wissenschaftler. Er brauchte Beweise. „Deine letzte Freundin, Susan, glaube ich, war doch sehr nett. Sie saß manchmal singend am Pool. Was ist mit ihr geschehen?“, fragte Ben vorsichtig.

Trevor drehte sich unbehaglich weg und blickte zu Boden. „Sagen wir mal, ich habe sie mit einem Strauß Blumen fortgeschickt.“ Er nickte und sah Ben mit hartem Blick an. „Ja. Genau so war es.“

Trevors Worte schienen harmlos, aber bei seinem Ton sträubten sich Bens Nackenhaare. Mit jeder Sekunde des Schweigens zwischen ihnen, wuchs sein Unbehagen.

„Zurück zum Geschäft.“ Ben blickte auf seine nasse, mit Asche bedeckte Werkbank.

„Stimmt. Ich lasse dich in Ruhe arbeiten.“ Trevor ging zur Tür. „Ich komme mit trockenen Papieren zum Unterschreiben wieder zurück. Es ist nichts Besonderes.“ Mit fliegendem Umhang verließ er das Poolhaus.

„Danke, dass du mich nicht verpfiffen hast.“ Laurens Stimme erklang, klein und leise, unter dem Tisch.

„Kein Problem, aber ...“ Ben spielte mit einigen Glaspipetten und ließ sie durch seine Finger wandern. „Warum hast du dich vor Trevor versteckt? Er ist dein Erzeuger und dein Lebensgefährte. Versteht ihr Zwei euch nicht so gut?“, fragte Ben.

„Ich glaube, ich habe einen großen Fehler gemacht.“ Lauren strich sich das Haar zurecht und wagte es nicht, Ben anzusehen. „Ich dachte, ich wüsste, worauf ich mich einließ, als ich mich von Trevor verwandeln ließ.“ Sie richtete sich auf. „Aber, das Leben mit ihm ist ... schwierig.“ Sie lachte nervös auf. „Hm. Wenn ich noch ein Mensch wäre, könnte ich jetzt echt einen Drink vertragen.“

Ben strahlte. Er freute sich, dass er für dieses Problem sofort eine Lösung zur Hand hatte. „Ich weiß was. Wir gehen zu AUDREY'S Bar. Das wird dir gefallen.“ Er lief zur Tür und seine nassen Schuhe quietschten auf dem glitschigen Boden.

„Das wäre toll, aber ich kann nicht mitgehen.“ Lauren war enttäuscht. „Ich darf hier nicht weg. Trevor hat den Hortari benutzt, damit ich das Grundstück nicht ohne Aufsicht verlassen kann.“ Sie zuckte die Achseln. „Ich sitze hier fest.“

„Aber nicht doch.“ Ben geleitete sie zur Tür. „Ich werde dich beaufsichtigen. Meinst du nicht, dass der Hortari mich als verantwortungsvollen Erwachsenen anerkennt?“

„Oh doch, natürlich“, antwortete Lauren mit gespieltem Ernst. Ihre Augen glänzten und die Spur eines Lächelns zeigte sich auf ihren Lippen.

„Gut. Dann komm mit. Bei mir bist du in Sicherheit.“ Ben hoffte, dass dies auch der Wahrheit entsprach.

Lauren war seit ihrer High-School Zeit nicht mehr in einer richtigen Kneipe gewesen. Damals hatte sie sich einen gefälschten Ausweis besorgt, mit dem sie Zutritt in die Welt der Uni-Kneipen bekam. Als sie im Vorbeigehen die wackligen Stühle und fleckigen Tische sah, war Lauren sicher, dass sie sich hier entspannen konnte und es nicht nötig war, irgendjemanden zu beeindrucken. Mit Nikolai war sie nur in edle Bars gegangen, die ausschließlich dem übernatürlichen Jet-Set vorbehalten waren – seine bevorzugte Cocktail Lounge war in einem noblen Eishotel gewesen, das von einem Bärenwandler und einer Hexe betrieben wurde – aber Lauren hatte es oft als schwierig empfunden, dieses Leben mit ihm zu teilen. Ein Leben, von dem normale Sterbliche keine Ahnung hatten.

„Wo sind wir hier?“, fragte sie Ben, der mit ihr auf eine kuschelig aussehende Nische im hinteren Teil des Lokals zusteuerte. Sie umklammerte fest seinen Arm, obwohl es in dem vollen Raum schwierig war, nebeneinander zu gehen.

„Wir sind in AUDREY'S Bar. Es ist eine Kneipe für Wesen wie uns und wurde von einer Hexe, der Großmutter der jetzigen Besitzerin, Audrey, eröffnet." Er blickte zu einer rothaarigen Hexe, die neben der Bardame hinter der Theke stand und in einem riesigen, alt aussehenden Buch blätterte.

„Es ist, hm -"

Ben lächelte und reichte ihr eine Broschüre mit den Veranstaltungen der Woche. „Pass auf, was du sagst. Es wird gemunkelt, dass diese Kneipe ein gewisses Eigenleben hat, also solltest du sie nicht beleidigen."

„Das wollte ich auch nicht!" Sie hatte sagen wollen, dass sie die Kneipe interessant fand, aber das war vielleicht nicht der beste Ausdruck, wenn sie etwas empfindlich war. „Es ist schön hier. Alle scheinen wirklich Spaß zu haben."

Eine Pferdewandlerin wieherte freudig auf. Sie zog eine alte Karaoke-Anlage aus einer Ecke und stellte sie mitten in der Kneipe auf.

Als sie sich umsah, stellte Lauren fest, dass sie noch nie so viele übernatürliche Wesen an einem

Ort gesehen hatte. Der Raum war vollgepackt mit Kobolden, Yetis, Drachenwandlern, Werwölfen, Bärenwandlern und Hexen. Alle saßen in gemischten Gruppen an den klapprigen Tischen. Dort war sogar eine Frau, deren ganzer Körper aus Sumpfgras und Stöcken bestand. Sie trug einen Laborkittel, eine Brille und nichts sonst.

Beifall erklang (zusammen mit einigen gut gelaunten Seufzern) als die Karaoke-Anlage ansprang und die Leute Zettel herumreichten, auf denen man sich zum Singen eintragen konnte.

Lauren sah Ben fragend an, aber er hielt abwehrend die Hände in die Höhe. „Glaube mir, du willst mich nicht singen hören, ich höre mich an wie ein krankes Nebelhorn."

Eine blasse Hand glitt über den Tisch und stellte ihre Getränke ab. „Oh Süße, denkst du, dass hier tatsächlich gesungen wird? Sieh besser aufmerksam zu." Lola, die Bardame — eine blasse Frau mit roten Lippen, einer Rosentätowierung auf der Brust und Hunderten von schwarzen Zöpfchen, die ihren Kopf umtanzten — grinste Lauren freundlich an. Laurens Schultern entspannten sich in ihrer Nähe sofort. Die Frau war kein Vampir, aber Lauren konnte beim besten Willen nicht erkennen, was Lola wirklich war, auch als sie sich ganz nah zu ihr beugte, um ihr die Hand zu schütteln. Alles, was sie riechen konnte war etwas sehr Altes und Ungewöhnliches, das sie nicht identifizieren konnte.

Lola deutete auf das Glas, das sie vor Lauren hingestellt hatte. „Das ist mein patentierter Beruhigungssaft. Frag mich besser nicht, was drin ist."

Lauren sah auf ihr Glas hinunter. Auf jeden Fall war Blut darin. Sie konnte das Wohlbehagen und die Ruhe des Spenders riechen. Aber das Getränk war knalllila und dampfte leicht vor sich hin.

Ben blickte auf sein Glas. „Darf ich denn fragen?" Er hielt das Glas zum Licht und schnüffelte vorsichtig daran.

Lola lachte. „Keine Sorge, du hast das Übliche. Blut, das von dem Gewinner eines Wissenschaftswettbewerbs gespendet wurde, dein Liebstes. Natürlich mit einem Schuss Tequila."

„Danke!" Er schien so erleichtert zu sein, dass Lauren lachen musste.

„Hallo, alle zusammen! Ich bin heute euer Karaokemeister!" Audrey, die Barbesitzerin, stand am Mikro und hob die Arme. Alle im Raum klatschten. Sie hielt eine gläserne Schüssel hoch, in der ein Dutzend Karten lagen, die bereits ausgefüllt waren. „Ihr kennt zwar alle die Regeln, aber ich wiederhole sie noch mal kurz: Gebt eure Karten hier ab, wenn ihr mitmachen wollt, und seid keine Arschlöcher, die ihre Freunde ohne deren Einverständnis anmelden.“ Sie lächelte strahlend in die Runde, steckte ihre Hand in die Schüssel und zog eine Karte. „Als Erstes kommt Shelby Meyer. Sie sing 'Niveis Incantamentum'!“

Alle klatschten, jubelten und pfiffen, als eine Tigerwandlerin in einem hautengen, schwarzen Lederoutfit vor die Menge trat.

Lauren lehnte sich zu Ben vor und flüsterte: „Von dem Song habe ich noch nie gehört. Welche Sprache ist das?“

Ben lächelte und tippte sich an die Nase. „Du wirst schon sehen.“

Die Tigerwandlerin drückte Play auf dem Tablet vor der kleinen Bühne und ein Text, der aussah wie eine Mischung aus Latein und esoterischen Symbolen erschien hinter ihr an der Wand. Aus den Lautsprechern erklang Musik, ein schneller Schlagzeugrhythmus und erhebende Geigenstimmen, die eine Melodie spielten, die

Lauren nicht kannte, aber die sie noch tagelang vor sich hin summen würde. Ein hüpfender Ball auf der Leinwand zählte die Sekunden, bis der Text startete. Lauren fühlte sich von den Worten wie magisch angezogen. Die Luft fühlte sich dicker an, mit seltsamen Strömungen, die an ihrem Körper entlangfuhren und gleichzeitig kitzelten und kühlten. Sie sah Ben von der Seite an, der bereits vor Begeisterung strahlte.

Die Frau begann zu singen. Sie traf die Töne nicht ganz genau, folgte aber problemlos und mit großem Selbstvertrauen dem Text, sodass es kaum auffiel, dass ihre Melodie nicht ganz mit den Geigen harmonierte. Lauren konnte den Text nicht verstehen, aber während die Tigerwandlerin sang, sank die Temperatur in der Bar. In der ganzen Bar kuschelten sich die Pärchen eng zusammen. Alle lächelten und blickten voller Erwartung nach oben.

Lauren beobachtete Ben. Er war so groß und sah so warm aus. Was würde er denken, wenn sie etwas näher an ihn heranrückte, um sich an ihm zu wärmen? Jedes Mal, wenn sie bei ihm im Poolhaus war, hatte er einen weiten Laborkittel getragen, der seinen Körper vollständig versteckte. Bevor sie heute jedoch aufgebrochen waren, hatte er sich vor ihr umgezogen. Er hatte den Laborkittel und das speckige Hemd, das er darunter trug, ausgezogen und einen unglaublich tollen Körper zutage gebracht, mit Waschbrettbauch, muskulösen Armen und einem wohlgeformten Rücken, der sich bis zur Taille in einem perfekten Dreieck verjüngte. Ihr war praktisch die Luft weggeblieben, und nun, da sie wusste, dass sich ein schöner Männerkörper unter seinen Laborkitteln verbarg, war die Versuchung groß, sich daran ein bisschen anzukuscheln.

Die Musik schwoll an, und die Tigerwandlerin wiegte sich in den Hüften. Sie bewegte die Finger im Rhythmus der Musik, als ob sie auf einem unsichtbaren Klavier in der Luft spielte.

Etwas Kleines, Weißes und Kaltes traf Laurens Nase. Sie blickte empor.

Schnee! Perfekte, kristallene Schneeflocken fielen von der Decke. Sie tanzten in Wirbeln zum Takt der Melodie durch den Raum.

„Das ist fantastisch!“, rief Lauren. Ihre Stimme verlor sich im allgemeinen Jubel und Applaus, der im ganzen Raum ausbrach.

Ben grinste und rückte seinen Stuhl näher an ihren. Auf seinem Gesicht lag ein Ausdruck purer

Freude. Sie musste nur eine ganz kleine Bewegung machen und schon lag ihr Kopf an seiner Schulter und sie schmiegte sich an seine Seite.

„So muss Magie sein", sagte er.

Lauren nickte. Seine Schulter strich an ihrem Gesicht entlang, als sie den Kopf bewegte. So muss Liebe sein. Der Gedanke schoss ihr, plötzlich und unbeabsichtigt, durch den Kopf. Schnell setzte sie sich auf und schob den Gedanken beiseite. So durfte sie nicht an Ben denken. Er war ihr guter Freund und sie war mit Trevor zusammen.

Der Song wurde langsamer, ruhiger. Die Tigerwandlerin senkte die Arme und ihr Gesang wurde leiser. Im Raum wurde es wieder wärmer und die Schneeflocken verschwanden, wie kleine Sterne die erloschen, als die Musik verklang. Lauren klatschte begeistert Applaus, gemeinsam mit den anderen Gästen. Sie wagte es nicht, Ben anzusehen und hoffte, dass ihr Gesicht nicht so rot angelaufen war, wie es sich gerade anfühlte.

Es kann doch nicht sein, dass ich mich gerade in Ben verliebe.

Die Tigerwandlerin ging zurück zu ihrem Tisch. Von allen Seiten klopfte man ihr anerkennend auf die Schulter und gab ihr High Fives. Audrey, die rothaarige Hexe, erschien wieder auf der Bühne und zog eine weitere Karte aus der Schüssel. Als nächste betrat die Sumpfgrasfrau die Bühne, als ihr Name aufgerufen wurde. Lauren nahm einen Schluck aus ihrem Glas und verspürte ein Gefühl tiefsten Friedens und stiller Freude, das sich in ihr ausbreitete. Dieses behagliche Gefühl erinnerte sie an Pizza, ihren Klappstuhl im Poolhaus und Bens warme Augen.

„Das hier ist ein Schlaflied meines Volkes." Die Stimme der Sumpffrau war etwas kratzig und tief, wie ein Windhauch, der durch hohes Gras streift. Nachdem sie den Play-Knopf gedrückt hatte, hörte man aus den Lautsprechern ruhige Harfentöne und etwas, das sich für Lauren wie eine Art Xylofon anhörte. Als die Frau anfing zu singen, erschienen geisterhafte Bilder über den Köpfen des Publikums. Grasbedeckte Hügel und wunderschöne Bäume vor zauberhaften Sonnenuntergängen schwebten durch den Raum und trafen aufeinander, als ob sie in riesigen Seifenblasen gefangen waren.

„Danke, dass du mich mitgenommen hast", flüsterte Lauren Ben zu. „Ich dachte, dass ich nach all den Jahren, in denen ich die Ehefrau eines Bärenwandlers war, alles über die übernatürliche

Welt und ihre Wesen wüsste, aber da gibt es noch so viel mehr.“

Ben nickte. „Mehr als man in hundert Leben sehen oder erfahren kann. Mein Bruder, Danny, war über mehrere Jahrhunderte als Entdecker unterwegs und wollte die ganze Welt erforschen. Aber er stellte fest, als er um die ganze Welt gereist war, dass sich da, wo er angefangen hatte, bereits wieder alles verändert hatte. Es gibt immer neue Dinge zu entdecken. Jetzt betreibt er mit seiner Verlobten einen Nachtclub, aber er ist auch als Ermittler für unseren Erzeuger und König tätig. Deshalb reist er immer noch um die ganze Welt.“

Sie wollte fragen, was seine Aufgabe als Ermittler war. Um die Welt zu reisen und Dinge zu entdecken hörte sich toll an. Aber erst fragte sie nach der Information, die ihr besonders interessant schien. „Dein Erzeuger ist der König? Das heißt, du bist ein Prinz?“

Ben zuckte die Achseln. Ein schwebendes Bild eines Gebirges, gekrönt von schneeweißen Wolken, stieß gegen seinen Kopf wie ein Luftballon und stieg dann wieder zu den anderen Bildern empor, die an der Decke tanzten. „Christopher hat mich lange, bevor er König wurde verwandelt. Er war sich seiner Verantwortung gegenüber allen Lebewesen immer bewusst und hat sehr darauf geachtet, nur Menschen zu verwandeln, von denen er glaubte, dass sie der Welt nützlich sein und gute Dinge tun würden. Das ist eine große Herausforderung und spornt mich sehr an.“ Gedankenverloren nippte er an seinem Glas. „Ich habe schon jede Menge Kleinigkeiten erfunden, aber die Maschine, an der ich jetzt gerade arbeite, wird etwas wirklich Nützliches bewirken. Wenn wir erst zuverlässig Meerwasser in Trinkwasser umwandeln können, dann gibt es keine Dürrezeiten mehr. Alle Krankheiten, die durch verunreinigtes Wasser entstehen, werden ausgerottet.“ Er war so begeistert, dass er kaum stillsitzen konnte.

„Du beschämst mich“, sagte Lauren und lächelte ihn an. „Du bist ein Vampir geworden, um der Welt einen Dienst zu erweisen. Ich habe es nur getan, weil ...“ Sie schwieg.

„Nun, warum denn?“ Er lächelte sie freundlich an und legte ihr den Arm um die Schultern und zog sie näher an sich. Sie ließ sich in seinen Arm sinken und spürte seine Muskeln durch ihren Pullover. Lauren hätte sich gern noch enger an ihn geschmiegt, hielt sich aber zurück, sodass es bei einer, wie sie hoffte, rein freundschaftlichen Umarmung blieb, wenn es so etwas überhaupt gab.

„Na ja, ich wurde nicht gerade dazu erzogen, die Welt zu verbessern. Das ist keine Entschuldigung, sondern es ist die Wahrheit. Sobald ich laufen konnte, stopften mich meine Eltern in Kleider mit Puffärmeln und schleppten mich auf alle möglichen Schönheitswettbewerbe. Ich war nicht besser als ein preisgekröntes Schwein auf einer Landwirtschaftsausstellung.“

Lauren verzog den Mund bei der besonders schmerzhaften Erinnerung, dass ihre Kopfhaut ständig von heißen Lockenstäben verbrannt wurde. Die Schmerzen hielten immer einige Tage an, aber egal wie herzzerreißend sie auch weinte, ihre Mutter sagte ihr immer, da müsse sie durch und Gott sei Dank könne man die Wunden ja unter ihrem dichten Haar nicht sehen.

„Die Preisrichter beurteilten, wie niedlich ich war, wie strahlend ich lächeln konnte, und ob mein Kostüm die richtige Mischung zwischen minderjähriger Versuchung und Pädophilie war.“ Sie hörte die Bitterness in ihrer eigenen Stimme und atmete tief ein. Die sanfte Stimme der Sumpffrau am Mikrofon beruhigte sie, bis sogar ihre Zehen sich entkrampften. „Als ich sieben oder acht Jahre alt war, drehte ich einige Werbespots, für Frühstücksflocken, Zahnpasta und so weiter. Das Geld dafür sah ich allerdings nie. Meine Eltern erzählten der Familie und Freunden, dass alles was ich verdiente, für mein Universitätsstudium gespart wurde, aber in Wirklichkeit ging das Geld nicht weiter, als bis zum nächsten Schnapsladen. Immer wenn sich die Schulden häuften, wurde ich wieder losgeschickt, um Geld zu verdienen. Unser Überleben hing davon ab, wie hübsch ich war."

Bens Augen waren voller Mitgefühl, als er sie ansah. Er drückte tröstend ihre Hand. „Du hast so viel mehr zu bieten, als das."

Lauren zuckte die Achseln. „Ich wünschte, das hätte mir jemand vor Jahren gesagt. Als ich neunzehn Jahre alt war, starben meine Eltern bei einem Skiunfall, und ich hatte keine Ahnung, wie ich mich über Wasser halten sollte. Also griff ich einfach auf das zurück, was ich schon immer gemacht hatte." Sie lächelte schwach.

Audrey stand wieder auf der Bühne und kündigte die nächste Darbietung an. Lauren war überrascht. Sie hatte sich so in ihren Erinnerungen verloren, dass sie gar nicht bemerkt hatte, dass die

Sumpffrau ihr Lied beendet hatte und die schwebenden Bilder verschwunden waren, als hätten sie nie existiert. Als Nächstes kam ein riesiger Troll auf die Bühne, dessen Kopf bis an die Decke ragte. Er sang ein mitreißendes Trinklied, das zum größten Teil aus regelmäßig eingeflochtenen Grunzern und „Juhuus“ zu bestehen schien. Es gab keine schönen Bilder oder Magie in der Luft, aber der ganze Raum sang lautstark mit und die Kneipe erbebte unter den stampfenden Füßen.

Ben berührte ihre Schulter. „Sollen wir rausgehen? Weg von den Radaubrüdern hier?“

Lauren nickte. Die Musik hatte sie von ihren Erinnerungen abgelenkt, aber sie war noch nicht so weit, dass sie hätte mitsingen wollen.

Die Nacht war ruhig. Hinter einer Baumreihe erstreckte sich ein langes Feld. Brandspuren im Gras und vereinzelte Löcher im Boden ließen vermuten, dass AUDREYs Hinterhof am Tag für andere Zwecke benutzt wurde, aber jetzt war es ruhig. Dank Laurens vampirischer Sehkraft war das Mondlicht für sie taghell. Sie fühlte sich hier im Freien sicher und atmete tief durch.

Ben streckte seine Hand nach ihr aus. Sie ergriff sie und sie gingen in vertrautem Schweigen zur Mitte des Feldes. Dort legten sie sich, Seite an Seite, auf den Boden und betrachteten die Sterne. Es war wie in ihrer Jugend. Als Teenager hatte sie sich manchmal aus dem Haus geschlichen und sich mit einem Jungen getroffen. Die Stille der Nacht hatte damals lauter aufregende Erwartungen in ihr geweckt. Jetzt lag Ben stark und ruhig neben ihr. Seine sonst so unbändige Energie war einer entspannten Ruhe gewichen.

„Ich weiß ja, dass es mich eigentlich nichts angeht ...“, begann er.

„Was denn?“

„Na ja, deine Eltern müssen ziemlich schrecklich gewesen sein.“

Lauren prustete los, ein sehr wenig damenhaftes Lachen, das ihre Mutter sofort kritisiert hätte. „Ja, ziemlich.“ Sie seufzte. „Sie haben mir das beigebracht, was sie für richtig hielten. Meine Mutter hat mir immer wieder gepredigt, wie sehr sie die Frauen bedauerte, die 'sich gehen ließen' wenn sie ungeschminkt zum Supermarkt gingen. Vater brachte mir bei, dass man Tunichtgute sofort an tiefsitzenden Jeans oder Tätowierungen erkennt.“ Das hatte Lauren allerdings nicht davon abgehalten, mit so vielen tätowierten 'Tunichtguten' in tiefsitzenden Jeans wie möglich auszugehen, aber das war eine andere Geschichte. „Mir wurde ständig vorgehalten, dass ich sofort verhungern und verkommen würde, wenn ich nicht immer dünn, hübsch, strahlend und beliebt war."

Sogar jetzt noch, obwohl sie wusste, dass sie nicht mehr altern konnte, juckte es sie in den Fingern, ihre Haut im Spiegel auf neue Falten zu untersuchen. Sie hatte tatsächlich geschafft, was ihre Mutter ständig mit Gesichtsstraffungen und Botox erreichen wollte: Lauren hatte es geschafft, ihren Körper für immer in einem perfekten Zustand reifer Jugendlichkeit zu erhalten. Diese Tatsache machte sie allerdings nicht so glücklich, wie sie eigentlich erwartet hatte.

Ben schüttelte den Kopf. „Ich weiß auch, wie es ist, wenn man nur nach seinem Äußeren beurteilt wird. Schließlich war ich während der letzten Jahrhunderte ein Schwarzer in Amerika. Aber ich hatte immer einige Leute um mich, die zu schätzten wussten, was ich sonst noch zu bieten hatte."

Lauren schenkte ihm ein zaghaftes Lächeln. „Ich weiß, dass ich mein Leben nicht mit deinem vergleichen kann. Ich habe niemals wirkliches Elend gelitten. Nikolai, mein erster Ehemann, war sehr gut zu mir. Er war ein Freund meiner Eltern, den ich flüchtig kannte, als ich noch kleiner war. Sein Sohn war bereits erwachsen und aus dem Haus, also bot Nikolai mir ein Heim und finanzielle Sicherheit an, wenn ich seine Frau würde. Ich nahm an. Und er hielt sein Wort: Er sorgte für alles. Er kaufte unser Haus, ich benutzte seine Kreditkarten. Mit der Zeit verstanden wir uns immer besser. Diese Jahre zählen mit zu den glücklichsten meines Lebens. Als er starb, fühlte ich mich völlig ... verloren. Zum ersten Mal in meinem Leben, war ich auf mich allein gestellt. Die drei Jahre, bevor ich Trevor begegnete, waren sehr hart für mich. Ich hatte furchtbare Angst für alles selbst verantwortlich zu sein."

„Nun, heute ist die Gelegenheit. Im Moment sagt dir keiner, was du tun sollst. Was möchtest du gern machen?", fragte Ben.

Die Hintertür der Bar wurde plötzlich geöffnet und die Musik von innen strömte hinaus in die Nacht. Eine langsame Melodie erklang in der Dunkelheit, begleitet von einer rauchigen und verführerischen Männerstimme.

Lauren stand auf und streckte Ben beide Hände hin, um ihm aufzuhelfen. In einer fließenden Bewegung stand er neben ihr.

„Tanz mit mir." Ihre Eltern ließen sie nur ihre Stepptanznummern für die Schönheitswettbewerbe tanzen. Nikolai hatte eine kranke Hüfte gehabt und hielt immer nur ihre Hand, während er den Kopf im Takt zur Musik wiegte. Sie hatte noch nie nach Lust und Laune, so wie sie wollte, tanzen können.

„Sehr gern", antwortete Ben. Er nahm ihre Hand und legte die andere Hand an ihre Hüfte. Seine Berührung war zart und er überließ ihr die Führung.

Die Musik wurde lauter. Aus der geöffneten Tür drangen blinkende Lichter, die auch noch die Farbe wechselten. Diese Lichter verwandelten sich in regenbogenfarbene Pünktchen, die aufstiegen und schimmerten, bis sie den Himmel bedeckten. Die Musik kam nun aus den Lichtern heraus. Sie umspielten Ben und Lauren, und erhellten Bens Gesicht in blauen und goldenen Farbtönen, die seinen schönen Mund und seine strahlenden Augen zur Geltung brachten.

Lauren lächelte zu den Lichtern empor und schloss die Augen. Sie ließ die Musik durch ihren Körper fließen, vom Kopf bis zu den Zehenspitzen. Der Rhythmus pulsierte in ihrer Brust und floss in ihre Beine und Arme. Sie ließ sich von der Musik verzaubern und liebkosen. Sie streckte die Arme über dem Kopf aus und wiegte sich in den Hüften. Ihre Füße drehten und hoben sich in Schritten, die sie nie gelernt hatte und die sich absolut richtig anfühlten. Sie schüttelte ihr Haar zur Musik, wild und frei, drückte eine Hand gegen Bens und drehte sich weg von ihm und wieder zurück, bis sie die Hitze seines Körpers spürte, und wirbelte wieder weg. Sie kickte mit den Füßen, fühlte den Luftzug als Ben von ihr wegtanzte, sich hinter ihr bewegte, aber nahe bei ihr blieb. Seine Hände berührten sie, um Körperkontakt zu halten und nicht, um sie zu führen.

Zum ersten Mal war es ihr völlig, egal wie sie aussah, ob sie gut oder beschissen tanzte, ob Ben mitmachte oder sie nur anstierte. Es war total egal. Das hier war ihr ureigener Tanz, es gab nur sie und die Musik, und jeder Ton war süß.

Das Lied ging weiter. Mit jeder Strophe wurde die Musik intensiver, bis sie den Trommelschlag in jedem Knochen spürte und ihre Füße sich rasend schnell bewegten. Sie stieß sich vom Boden ab und sprang hoch, hoch und höher in die Luft. Sie legte ihre ganze Vampirkraft in den Sprung, bis ihr Kopf die schimmernden

Lichtpünktchen erreicht und diese einen Moment lang ihr Gesicht, wie alte Freunde umringten.

Ben klatschte und feuerte sie an. Sie hörte auf zu springen, um ihn anzusehen. Er hatte seine Arme wie sie in die Höhe gereckt und sprang und tanzte mit wilder Begeisterung, ohne Technik nur mit purer Freude. Sie lachte und machte seine Bewegungen nach. Sie fühlte eine glückliche Wärme bis in die Fußspitzen, als er sich drehte, wie sie es einen Moment zuvor getan hatte. Sie berührten sich nicht, aber sie konnte seine Bewegungen fühlen. Es war, als ob Elektrizität ihre Körper verband. Die Musik vereinte ihre Hände, ihre Füße und ihre Hüften, sodass sie sich unter den blinkenden Lichtern bewegten, wie ein einziges lachendes, tanzendes Wesen.

Die Musik wurde langsamer und die Lichter dunkler. Dann waren sie wieder allein unter dem Sternenhimmel. Lauren näherte sich Ben. Seine Schritte spiegelten ihre wider, bis sie so nah zusammenstanden, dass ihre Körper sich bei jedem Atemzug berührten.

Keiner schreibt dir jetzt vor, was du tun sollst. Was willst du gern tun?

Sie erinnerte sich an Bens Worte, die ihr wie eine Herausforderung vorkamen. Sie sah in sein Gesicht. Es war so voller Verlangen und Sehnsucht, dass ihr der Atem stockte. Sie leckte ihre Lippen um sie zu befeuchten, dann wanderten ihre Hände zu seinen Schultern und streichelten sie zart. Die Chemie zwischen ihnen fühlte sich an wie etwas Lebendiges, das sie zueinander führte. Sie ließ es geschehen und sehnte sich nach seiner Umarmung. Sie wollte ihre Lippen auf die Lider über seinen warmen Augen drücken, mit dem Finger über seine lächelnden Lippen streichen. Sie wollte seine Hände auf ihrem Körper spüren, wollte, dass diese Hände sie streichelten, in sie eindrangen.

Das Zersplittern einer Flasche in der Bar ließ beide aufschrecken.

Sie trat hastig einen Schritt zurück und stolperte in dem hohen Gras. Ich gehöre zu Trevor. Ich darf nicht weiter gehen.

Ben beugte sich vor, um sie zu stützen, aber sie hob ablehnend die Hände.

„Wir dürfen das nicht“, sagte sie.

Ben nickte. „Ich bringe dich zurück.“

Auf dem Nachhauseweg sprachen beide kein Wort, nur ein schnelles „Tschüss“, bevor Lauren im Haus verschwand. Was hätte sie auch sagen sollen? Danke für die vielleicht schönste Nacht meines Lebens. Das hörte sich abgedroschen und falsch an, solche Sachen pflegte sie zu Trevor zu sagen. Ich glaube, dass ich mich gerade in dich verliebe. Das war zu viel, zu wahr und sie durfte es nicht sagen. Hinter diesen Worten lauerte eine unbestimmte Furcht, und sie war sich nicht sicher, wie sie sie ausdrücken sollte. Lauren lehnte den Kopf gegen die Glastür der Veranda und hörte das Klicken von Bens Labortür, die auf der anderen Seite des Pools geschlossen wurde.

Ich habe Angst vor dem, was Trevor uns antun wird, wenn er es herausfindet.

Ich hätte sie küssen sollen. Ich darf sie eigentlich gar nicht küssen wollen. Bens Gedanken wirbelten durcheinander, als er sein Labor betrat. Er war wütend auf ihre Eltern und auch auf ihren verstorbenen Ehemann, auf alle, die mitgemacht hatten, ihr einzureden, dass ihr Wert nur von ihrem Aussehen abhing. Ben wollte sie beschützen, sie in den Armen halten und sie vor allem bewahren, nicht nur vor der ganzen Welt, sondern auch vor dem Gift, das ihr eingetrichtert worden war. Sie ist so eine tolle Frau.

Ben war schon mitten im Raum, als er auf einmal etwas Seltsames bemerkte. Seine Bücher, die sonst ordentlich gestapelt waren, lagen verstreut auf dem Boden. Seine technischen Zeichnungen, die normalerweise aufgerollt und der Ecke zu einer Pyramide übereinandergelegt waren, lagen überall im Raum herum. Seine Pipetten lagen nicht mehr auf ihrem Platz und sein Laborlogbuch war fort.

Jemand hat was in meinem Labor angestellt.

Als er hörte, wie jemand ein Glasröhrchen zertrat, drehte sich Ben sofort in Richtung dieses Geräusches um. Trevor war fast schon an der Tür. Er hatte eine Hand auf der Türklinke und mit der anderen drückte er einen Stapel Zeichnungen an seine Brust. Außerdem erkannte Ben die Umrisse seines Laborlogbuchs, das Trevor sich hinten in den Hosenbund gesteckt hatte. Hatte dieser Kerl denn gar keinen Respekt?

Ben räusperte sich. „Kann ich dir irgendwie behilflich sein?“

Trevor drehte sich um und klammerte die Zeichnungen noch fester an sich. „Ich wollte nur digitale Sicherheitskopien von deiner Arbeit machen. Als es neulich hier brannte, habe ich mit Schrecken festgestellt, dass deine ganze Arbeit hier in Papierform liegt. Natürlich wollte dich fragen, aber du ähm ..." stammelte Trevor. „... du warst nicht hier. Also dachte ich, na ja, weil ich das ja alles hier sowieso bezahle, könnte ich ..." Er zuckte die Achseln.

Ben wollte ihm eigentlich gern glauben. Er hätte ihm auch geglaubt, wenn nicht Trevors Adamsapfel so nervös auf und ab gehüpft und ihm nicht der Schweiß die Schläfen hinunter getropft wäre.

„Aber dann brauchst du doch nicht heimlich hier herumzuschleichen." Bens Stimme war leise und misstrauisch.

Trevor hielt inne und nickte. „Richtig. Richtig." Ben musste beinahe lachen. Zu beobachten, wie Trevor versuchte, seine Gedanken zu ordnen, war, als ob man einem Zug zusah, der mühsam einen steilen Berg hinaufkroch. Ben konnte beinahe Dampf aus seinen Ohren aufsteigen sehen, so sehr bemühte er sich. „Jedenfalls ... da du gerade hier bist ..."

Trevor sah sich verzweifelt um. Da fiel sein Blick auf die Papiere, die er am Tag vorher mitgebracht hatte. Er nahm sie aus dem Abfalleimer und strich die oberen Seiten glatt, die inzwischen getrocknet und zum größten Teil lesbar waren.

„Du musst diese Unterlagen noch unterzeichnen. Es ist nicht so wichtig, aber wenn du so nett wärst ..." Er blätterte bis zur letzten Seite und zeigte auf die leere Unterschriftenzeile. „Dann ist es erledigt."

Ben zog den Stapel Papiere näher zu sich, sodass er die Seiten lesen konnte, die bis jetzt durch Trevors Hand verborgen gewesen waren. Als er sah, was dort stand, weiteten sich seine Augen ungläubig und der Mund blieb ihm offen stehen.

„Was soll das denn heißen, Trevor? Hier steht, dass ich sämtliche Besitzansprüche an meiner Entsalzungsmaschine aufgebe. Das bedeutet, dass du allein die Entscheidungsgewalt hast, wie und wo die Maschine eingesetzt wird. Die Gewinne aus eventuellen Verkäufen gehen an dich und du bist offizieller Inhaber dieses Patents." Ben ballte die

Fäuste und zerknüllte das betrügerische Dokument. „Was soll das?“, schrie er wütend.

Trevor seufzte genervt. „Das ist Geschäft. Ich bin derjenige, der weiß, wie man mit deinen Erfindungen Geld machen kann. Kannst du dir vorstellen, was manche Länder und manche riesigen Konzerne bezahlen würden, damit diese Maschine niemals auf den Markt kommt und eingesetzt wird?“ Trevor lief hektisch auf und ab, ein irres Lächeln erschien auf seinem Gesicht. „Billionen. Die Antwort lautet Billionen von Dollar.“ Er blätterte zurück zur Unterschriftenseite. „Wenn du hier unterschreibst, dann werden wir reicher sein, als man es sich überhaupt vorstellen kann.“

„Nein“, antwortete Ben leise, aber bestimmt. „Wir haben das schon einmal besprochen. Du wolltest mir helfen, meine Erfindungen zu vertreiben. Meine Maschine wird sauberes Wasser für alle liefern, die es brauchen.“ Er riss den dicken Papierstoß mit einem Ruck mittendurch und warf die Hälften in einen Metalleimer, der vor ihm stand. „Ich werde es nicht zulassen, dass du meine Erfindung wie ein Zuhälter an Ölkonzerne verhökerst.“ Ben ergriff seinen Behälter mit den Polymeren und warf diese in den Eimer. „Meine

Erfindung ist für alle zugänglich. Sie ist online erhältlich für alle, die sie brauchen."

Trevor schüttelte verächtlich den Kopf und beachtete ihn nicht. Schnell ergriff Ben die Kanne mit dem Meerwasser, goss es in den Eimer und entzündete dadurch das Polymer in einer prasselnden Flamme, sodass Trevor in Panik zur Tür lief.

„Du bist total irre, weißt du das?" Trevor eilte hinaus, aber Ben war ihm dicht auf den Fersen. Ben war älter und schneller. Er holte Trevor ein und riss ihm die Zeichnungen aus der Hand. Im Poolhaus sprang die Sprinkleranlage an, aber das war ihm egal. Er hielt die Hand auf.

„Mein Laborlogbuch, bitte." Ben deutete befehlend auf die rechteckige Beule an Trevors Hinterteil.

„Ist ja gut." Trevor zog das Laborlogbuch aus seiner Hose und reichte es Ben. „Ich bin schon stinkreich. Ich habe es nicht nötig von der Großzügigkeit anderer zu leben und die Familie auszunutzen. Du bist ein mitleiderregender Idealist."

„Du bist ein Ekelpaket, Trevor. Ich habe keine Ahnung, warum Danny dich damals verwandelt hat. Du bist egoistisch und hinterhältig und behandelst Lauren wie einen Fußabtreter."

„Hey!" Trevor unterbrach Ben mit einem einzigen, scharfen Wort. „Ich dulde dich und die zerstreuter-Professor-Nummer, die du so gern abziehst, nur weil du mein Onkel bist und ich keinen Bock habe, dass mir Danny auf den Sack geht. Aber Lauren ist meine Freundin." Er trat dichter an Ben heran. „Ich bin schließlich nicht dämlich. Sie macht ihre kleinen Spaziergänge und wenn sie zurückkommt, stinkt sie nach Pizza und Meerwasser. Du traust mir nicht mit deinen Spielzeugen hier? Nun, ich traue dir nicht mit meiner Frau. Halt dich von Lauren fern, und ich lasse deine Erfindungen in Ruhe. Abgemacht?" Trevor schlug die Tür hinter sich zu und stampfte wütend zurück zum Haus.

Ben blickte ihm nach. Er versuchte einen Blick auf Lauren im Haus zu erhaschen, rief sich dann aber zur Ordnung. Trevor war ein Arschloch, aber er hatte in einem Punkt recht. Lauren war mit ihm zusammen. Sie hatte ihre Wahl getroffen.

Er seufzte. „Abgemacht."

Lauren hörte im Kopf noch immer die Musik aus den funkelnden Lichtern. Sie zog ihr Outfit aus, das sie in AUDREY´S Bar getragen hatte und stopfte es zuunterst in ihren Wäschekorb. Dann schlüpfte sie in ein langes Spitzennachthemd, das aussah wie aus einem Gruselroman. Sie nahm sich ein Putztuch und tänzelte hinüber zu Trevors Bücherregal. Staubwischen war eine leichte Arbeit, erforderte keine Aufmerksamkeit und schien Trevors Ansprüche voll und ganz zu erfüllen.

Leise summte sie eine Melodie vor sich hin. Ihre Füße tanzten wie von selbst dazu und sie wiegte sich in den Hüften, während sie sich reckte, um die oberen Bücherreihen zu erreichen. Wenn sie die Augen schloss, konnte sie sich wieder dorthin zurück träumen: die kühle Abendluft auf ihrer Haut und Bens geliebte, beschützende Gestalt an ihrer Seite.

Plötzlich lief es ihr kalt den Rücken hinunter. Sie spürte, dass sie beobachtet wurde. Sie stand stockstill und die Melodie erstarb auf ihren Lippen. Natürlich wusste sie, schon bevor sie sich umgedreht hatte, wer dort an der Tür stand. Sein lauernder Blick war so beklemmend, dass sie ihn durch den ganzen Raum fühlen konnte.

„Ich hatte gerade ein sehr interessantes Gespräch mit Ben.“ Trevor lehnte sich gegen den Türrahmen und verschränkte die Arme vor der Brust. Lauren verspürte einen kalten Angstschauer. Sein Gesicht war kalt und verschlossen. So wie er dort im Schatten stand, sahen seine Augen aus wie leere, schwarze Löcher.

„Ach ja?“ Sie versuchte gelangweilt zu klingen, aber ihr Herz hämmerte in ihrer Brust. Sie war erstaunt, dass ihre Hand, die weiterhin mit dem Staubtuch über die Buchrücken glitt, nicht zitterte.

„Anscheinend glaubt er, dass ich dich nicht gut behandele.“ Seine Stimme war ein leises, böses Knurren.

„Warum sollte er so etwas Lächerliches glauben,“ sagte sie, mit ganz normaler Stimme. „Du hast ein wunderschönes Haus. Ich habe alles, was ich mir nur wünschen kann, und das Wichtigste ist, ich habe dich. Ich habe wirklich kein schlechtes Leben.“ Schnell ergriff sie einen der gebundenen Ausgaben von Dracula und drehte sich zu Trevor um. „Bevor ich in dieses Haus kam, hatte ich noch nicht einmal Dracula gelesen. Stell dir das mal vor. Es ist so ein großartiges Buch und erst durch dich habe ich es kennengelernt, mein Schatz.“

Trevor trat vor, nahm ihr das Buch aus der Hand und stellte es zurück ins Bücherregal, Seite an Seite mit den anderen.

„Dracula ist eine der schönsten Liebesgeschichten aller Zeiten.“ Seine Stimme war rau und er atmete unregelmäßig. „Seine Frau kam durch den Verrat seiner elenden Feinde ums Leben. Er wollte nicht ohne sie leben, deshalb wählte er die Unsterblichkeit, in der Hoffnung, dass ihre Liebe stark genug war, sodass seine Frau eines Tages wiedergeboren würde, um zu ihm zurückzukommen.“ Er beugte sich näher zu ihr. „Selbst ihre Verlobung mit einem anderen Mann konnte sie nicht von ihrer wahren Liebe abhalten, ihrer ewigen Liebe zu dem Mann, der Jahrhunderte darauf gewartet hatte, wieder mit ihr zusammen zu sein.“ Mit jedem Wort neigte Trevor sich weiter über sie.

„Ich dachte ...“ Lauren musste schlucken. „Diese unsterbliche Liebe, ... kommt die in dem Buch überhaupt vor?“ Das tat sie nicht. Die Liebesgeschichte war erst für die Filmversion von 1990 erfunden worden und wurde dann immer wieder wiederholt. Sie hatte viele Stunden im Internet verbracht, um sich über Dracula schlau zu machen und ihrem neuen Freund zu imponieren. Sie wusste genau: der Vampir in der Originalversion von Dracula war schlicht und einfach ein Monster. Er liebte nicht und sehnte sich auch nicht nach menschlicher Nähe. Alles was er wollte war töten, fressen und beherrschen.

„Was weißt du schon?“ Trevor trat zurück. „Du weißt nichts über Vampire, und du hast keine Ahnung von Liebe.“

Vor ihrem geistigen Auge tauchte Bens Gesicht auf. Sogar Nikolai erschien für einen Moment, obwohl das eine andere Art von Liebe gewesen war. Ich weiß, was Liebe ist. Ich kann nur dich nicht lieben. Sie biss sich auf die Zunge.

„Vielleicht nicht. Ich muss wahrscheinlich noch viel über die Liebe lernen.“ Sie bemühte sich, ruhig zu klingen, aber sie war so angespannt, dass sie mit zusammengebissenen Zähnen sprach. „Aber wir können zusammen lernen. Liebe bedeutet auch, dass man miteinander redet und versucht, sich gegenseitig zu verstehen.“

Trevor beobachtete sie. Er lief zwischen dem Bett und ihr hin und her, wie ein gefangenes Tier.

„Manchmal ist es gar nicht so einfach, miteinander zu reden. Weißt du was, ich fange einfach mal an.“ Lauren holte tief Luft. „Die Hortari-Befehle. Ich habe das Gefühl, ...“ Sie betonte, die Floskel Ich habe das Gefühl, die von sämtlichen Eheberatern empfohlen wurde. „... dass der Hortari dazu benutzt wird, dass ich Dinge tun soll, die ich sowieso gerne von allein für dich tun würde, wenn du mich nett fragst.“ Sie trat vor und legte ihre Hand auf seinen Arm. „Ich würde mich wirklich freuen, wenn du damit aufhörst. Das ist nicht nett.“

„Nicht nett? Ich bin dein Erzeuger!“, brüllte Trevor und trat von ihr weg. „Es ist mein Recht dich zu formen, dir beizubringen, wer du sein sollst!“

„Und wer soll ich sein?“, fragte sie. Nicht gut, das war gar nicht gut. Ihr Herz klopfte zum Zerspringen.

„Meine große Liebe!“ Er raufte sich die Haare und lief immer gehetzter im Zimmer hin und her, wie ein Tiger im Käfig. „Du bist meine Felicity, verstehst du? Deine Anmut, deine Stimme, dein Haar. Du bist es. Wiedergeboren, um mit mir zusammen zu sein!“

Lauren wich vor ihm zurück und stieß gegen das Bücherregal. Sie machte einen kleinen Schritt zu Seite und versuchte, langsam und unauffällig in die Nähe der Tür zu gelangen. „Was redest du da?“

„Du bist die Richtige! Du bist dazu geboren, mich zu lieben! Mir zu gehorchen! Dieses Mal wirst du tun, was ich dir sage!“

„Nein. Es ist aus zwischen uns, Trevor. Ich habe keine Ahnung, wer diese Felicity war und was zwischen euch gewesen ist, aber ich bin nicht sie. Ich bin ich. Und wenn du nicht einsehen kannst, dass es unrecht ist, den Hortari zu missbrauchen, um mein Leben zu beherrschen, dann ist es wirklich vorbei mit uns.“ Sie versuchte, so schnell wie möglich zur Tür zu sprinten.

Aber Trevor war schneller. „Du Schlampe!“ Sein Arm umklammerte ihre Taille und er hob sie hoch. Lauren schrie und wehrte sich verzweifelt.

„Lass mich sofort runter! Hör auf!“

„Du bist meine einzige Liebe!“ Trevor warf sie quer durch den Raum. Lauren schlug hart gegen die Wand, sodass das Gemälde eines rumänischen Schlosses in einem Glasregen auf den Bogen fiel. Sie prallte von der harten Oberfläche ab und landete auf der Seite in den vielen Glassplittern auf dem Teppich.

„Du solltest für mich brennen“, knurrte Trevor.

Alles tat ihr weh. Sie war so hart gegen die Wand geschlagen, dass das Fenster zersplittert war. Ihre Handflächen waren mit Glassplittern gespickt. Lauren stöhnte, rappelte sich mühsam auf und zog die Scherben aus ihren Händen. Die Wunde schloss sich sofort, aber der Schmerz blieb. Dort wo ihre Rippen gebrochen waren, formten sich Blutergüsse und eines ihrer Beine war unnatürlich verdreht.

Lauren funkelte Trevor wütend vom Boden aus an. „Du bist ein Monster."

Wenn er sie gehört hatte, ließ er es sich nicht anmerken. Er kam auf sie zu, legte zwei Finger unter ihr Kinn und zog sie hoch, bis sie auf zitternden Beinen vor ihm stand. Sein Gesicht war ganz dicht vor ihrem. „Du wirst deine Lektion schon lernen. Du wirst brennen. Brenn die ganze Nacht hindurch, mein Liebling."

Der Hortari übernahm die Kontrolle und Lauren schrie auf. Die schlimmsten Schmerzen, die sie je in ihrem Leben erfahren hatten, entflammten auf ihrer Haut. Es brannte wie Feuer, jeder Zentimeter ihres Körpers fühlte sich an, als stünde er in hellen Flammen.

Brenn die ganze Nacht hindurch, hatte er gesagt. Die Nacht dauerte noch Stunden. Nein!

Mit der Kraft der Verzweiflung stieß sie Trevor von sich fort, drehte sich um und sprang aus dem zersplitterten Fenster, zwei Stockwerke hinunter in den hinteren Garten. Um sie herum regnete es Glassplitter, aber die Schnitte waren nichts gegen das imaginäre Feuer, das sie verzehrte. Schreiend und weinend stolperte Lauren durch den Garten und sprang in den Pool.

Das Wasser umfing sie mit tröstender Kühle, aber das Brennen hörte trotzdem nicht auf. Ihr Nachthemd umschwebte sie wie eine Wolke. Selbst die zarte Spitze schmerzte auf ihrer empfindsamen Haut. Rasch warf sie das Nachthemd ab und sank auf den Boden des Pools. Vampire konnten schließlich nicht ertrinken. Unter Wasser war es ganz still.

Dann hörte sie ein Platschen über ihrem Kopf und wusste, dass sie nicht länger allein im Wasser war. Sofort setzte ihr Überlebenswille ein. Voller Panik riss sie die Poolleiter aus ihrer Verankerung und bereitete sich auf Trevors Angriff vor.

Aber Trevor war nicht da. Ben stand vor ihr, nur bekleidet mit einer Schlafanzughose, die mit Eisenbahnen bedruckt war. Er hob beschwichtigend die Hände. „Lauren, ich bin es."

„Ben." Sie ließ die Leiter klatschend in den Pool fallen, lief zu ihm und warf sich in seine Arme. Seine Berührung auf ihrer Haut schmerzte zwar nicht, linderte aber auch nicht ihre Schmerzen. „Trevor ist total verrückt!" Sie zog ihn näher an sich, drückte ihre nackten Brüste gegen seine Brust und schlang ihre Beine um seine Taille.

„Lauren -" Er zögerte. Erst einige Stunden zuvor hatten sie sich mühsam zurückgehalten, um Trevor nicht zu hintergehen.

Sie ignorierte ihn und drückte ihre Lippen auf seinen Mund. „Trevor und ich sind nicht mehr zusammen." Er zuckte überrascht zusammen und verschmolz dann mit ihr. Seine Hände strichen über ihren nackten Rücken, legten sich auf ihren Po und zogen ihre Hüften dicht an seinen Körper, sodass sie durch den dünnen Stoff seiner Pyjamahose fühlte, wie sein Schwanz an der Innenseite ihrer Schenkel hart wurde.

„Seit wir uns begegnet sind, will ich dich." Sie umschlang ihn noch fester mit den Beinen, nahm seine Hände von ihrem Hintern und legte sie auf ihre Brüste. Er stöhnte und erfüllte ihr Verlangen, indem er ihre aufgerichteten Brustwarzen streichelte und liebkoste. Laurens Finger wanderten hinunter zu seiner Pyjamahose. Sie zog sie hinunter und massierte seinen harten Schwanz im Wasser.

„Ooooh, wie gut. Ja, mach weiter.“ Er stöhnte und schob ihr seine Hüften entgegen.

„Ich habe Trevor verlassen und deshalb lässt er mich brennen.“ Aber stimmte das überhaupt? Ihre Haut brannte nicht mehr vor Schmerz. Sie brannte vor Verlangen und Lust, sie brannte vor Leidenschaft.

Oh Hortari, du raffinierter Fluch. Der Schlüssel liegt immer in der Interpretation. „Ben, ich brenne für dich. Seit ich dich kenne. Liebe mich. Ich brauche dich so sehr.“ Sie seufzte und knabberte an seinem Ohrläppchen. Die Lust durchfuhr ihren ganzen Körper. Das Wasser plätscherte bei jeder Bewegung spielerisch an ihre nackte Haut.

„Lauren, meine Liebste, ich brenne auch für dich.“ Seine Zunge glitt in ihren Mund und seine Hand wanderte langsam an ihrem Körper abwärts, bis sie ihre heiße Spalte erreichte. Er fand ihre Lustknospe und rieb sie mit langsamen, kreisenden Bewegungen. Sie schob ihre Hüften vor und drängte sich an seine Hand, während sie seinen Schwanz im gleichen Takt mit seinen Bewegungen massierte. Es fühlte sich wunderbar an, seinen festen Körper an ihrem zu spüren, Brust an Brust. Sie brauchte sich nur leicht vorzubeugen, um ihn zu küssen, während seine Finger magische Gefühle an ihrem Kitzler auslösten, und dann in sie eindrangen und unaufhörlich ihre empfindsamste Stelle liebkosten und reizten.

In der Ferne konnte Lauren aus der obersten Etage des Hauses hören, dass Trevor in voller Lautstärke OneRepublic und Timbaland's „Apologize“ hörte, wie ein schmollender Teenager, aber Trevor war ihr jetzt total egal. Bens Atem an ihrem Ohr jagte Schauer der Wonne durch ihren Körper, sie empfand alles viel stärker als sonst. Der Duft seiner Haut erweckte in ihr den Wunsch, ihn überall zu küssen und abzulecken. Bens intensiver Blick ruhte die ganze Zeit auf ihrem Gesicht. Er liebte den Ausdruck der Lust auf ihren Zügen und liebkoste ihre Brust noch mehr, um ihre Wonne noch zu steigern. Ihr Atem wurde schneller, als die Erregung sie in Wellen überflutete. Das Wasser plätscherte gegen ihre Beine und an ihre Brust. Die Lust wurde so intensiv, dass sie schreiend kam und in Bens Schulter biss, um ihren Aufschrei zu dämpfen.

„Gut so, meine Liebste.“ Er streichelte mit ruhigen Bewegungen ihren Rücken, während sein

Schwanz in ihrer Hand zuckte. „Ich liebe es, die Erfüllung in deinem Gesicht zu sehen."

Lauren küsste seine süßen Lippen, zog ihn näher an sich und führte mit der Hand seinen Schwanz in ihre Möse ein — er war so groß, dass er ihre Scheidenwände in lustvollem Schmerz dehnte und sie perfekt ausfüllte — dann begann sie ihn zu reiten.

Ben stöhnte. „Oh Mann, das ist so geil." Er hielt sie dicht an sich gepresst und trug sie zum Ende des Pools, sodass sie mit dem Rücken an der Wand lehnte und er besser in ihre nasse Wärme eindringen konnte. Er steckte seinen Schwanz in schnellem Rhythmus tief in sie hinein und zog ihn fast ganz wieder heraus.

Sie klammerte sich so fest an ihn, dass sie befürchtete, ihn mit ihren Fingernägeln zu verletzen, aber er lächelte nur voller Leidenschaft und stieß immer härter und schneller zu. Sie liebte dieses Gefühl, dass er beim Vögeln jegliche Kontrolle verlor, dass sie ihren sonst so klugen und besonnenen Liebhaber mit ihrer Leidenschaft um den Verstand brachte.

Ben zog sie zum flachen Ende des Pools und legte sie auf den leicht abfallenden Boden. So konnte er in einem anderen Winkel in sie eindringen und sein Schwanz streifte ihren Kitzler bei jedem tiefen Stoß. Wieder baute sich die Leidenschaft in ihr auf, noch stärker als beim ersten Mal. Sie verkrampfte die Zehen und warf den Kopf zurück, als ein noch gewaltigerer Höhepunkt sie bis ins Mark erschütterte. Sein Schwanz versteifte sich und zuckte, und dann kam auch er und ergoss sich mit aller Macht in ihr.

Einen Moment lang blieben sie reglos Seite an Seite im flachen Wasser liegen. Aber ihre Haut brannte noch immer vor Verlangen. Brenn die ganze Nacht. Oh, Mann. Lauren blickte zum Mond empor. Sie hatten noch einige Nachtstunden vor sich. „Ben ... ich brauche ..."

„Keine Angst. Ich weiß, was du brauchst." Er hob sie auf und trug sie zum Poolhaus. Beide waren triefend nass und tropften alles voll. Das Labor war zu eng, um sie zu tragen, aber er nahm ihre Hand und führte sie zum hinteren Teil des Raumes. Das Labor roch nach Meerwasser und versengtem Papier, aber darüber lag noch ein leichter Duft nach Pizza und Lauren musste lächeln. Sie streichelte liebevoll Bens nackten Rücken und genoss seine Nähe. Sie vertraute ihm mehr als allen anderen

Personen, die ihr in ihrem ganzen Leben begegnet waren. Bei ihm fühlte sie sich sicher und geliebt und sie liebte ihn.

Er fegte mit einem Tritt einen Teppich zur Seite, öffnete eine im Boden verborgene Tür, schaltete ein Licht an und führte sie eine kurze Treppe hinunter in sein Schlafzimmer. Es war genauso, wie sie es von Ben erwartet hatte: zweckmäßig, mit einem Doppelbett, dass offensichtlich nie gemacht wurde, aber frisch roch. Ein kleiner Kleiderschrank und ein Poster des Periodensystems der Elemente waren die einzigen Dekorationsgegenstände.

„Tut mir leid. Es ist nicht gerade der reine Luxus. Aber, hm ... wenn ... du bei mir bleibst, kann ich hier umdekorieren. Eine meiner Schwestern ist Innenarchitektin und sie könnte -“

Lauren brachte ihn mit einem Kuss zum Schweigen. „Es ist perfekt so, wie es ist“, sagte sie. „Ich bin bei dir. Es ist mir scheißegal, wie das Zimmer aussieht.“

Er grinste sie mit seinem unwiderstehlichen Lächeln an und vertiefte dann den Kuss. Sein Mund lag heiß und verlangend auf ihrem. Lauren schob ihn zum Bett und die beiden fielen auf die zerknüllten

Laken. Ihre Beine verschlangen sich ineinander und ihre Hände wollten sich überall gleichzeitig berühren. Bens Lippen fanden ihren Hals. Er küsste eine glühende Spur abwärts, an ihren Brüsten vorbei, über ihren Bauch, bis sein Mund sich fest um ihre Klitoris legte. Lauren schrie auf. Ihre Hände wanderten wie von selbst nach unten und vergruben sich fest in seinem Haar, damit er bloß nicht aufhören konnte, sie dort, an ihrer empfindsamen Stelle zu lecken und zu küssen.

„Du schmeckst so wahnsinnig gut." Er leckte sie in langen, genüsslichen Strichen. „Ich möchte immer meine Essenz an dir schmecken", flüsterte er an ihrer Muschi.

Sie wölbte den Rücken und presste ihren Kitzler fester an seine Zunge. „Ooooh, mach weiter. Hör jetzt bloß nicht auf."

„Meine Liebste, ich werde dich lecken, bis die Sonne aufgeht."

Sie hätte nie gedacht, dass es möglich wäre, so oft zu kommen. Nach dem fünften Orgasmus hörte sie auf zu zählen. Eine Stunde später war er wieder hart genug, um sie wieder zu vögeln. Sie ritt ihn, solange es ging, dann drehte sie sich um, so dass er sie von hinten nehmen konnte, aber sie ließ nicht zu, dass er zum Höhepunkt kam, bis sie ihn in den Mund nahm und schluckte und sein salziger Samen zwischen ihren Lippen hervor tropfte. Sie war süchtig danach, ihn zu berühren und alles an ihm zu küssen und zu streicheln. Selbst als die Sonne aufging, und das ständige Brennen des Hortari langsam nachließ, konnte sie nicht aufhören, ihn zu küssen. Es war bereits später Vormittag bevor sie erschöpft, dicht an Ben gekuschelt, einschlief, seine Hand auf ihrer Brust.

Es war schwer, in Bens Keller zu erraten, wie spät es war, aber nach ihrem knurrenden Magen zu urteilen, musste es bereits Nachmittag sein, als Lauren erwachte. Sie rollte sich auf die Seite und blickte direkt in die verliebten Augen von Ben, der bereits wach war und sie mit einem Ausdruck seligen Staunens im Gesicht betrachtete.

„Ich denke die ganze Zeit, dass ich träume und wenn ich die Augen aufmache, bist du nicht mehr da", sagte er.

„Ich werde leider auch nicht hierbleiben können", sagte sie. „Trevor hat immer noch Macht über mich und er wird mich nicht so einfach gehen lassen."

Ben nickte und ließ seine Hand zärtlich über ihre Hüfte kreisen. Lauren lächelte. Ben konnte einfach nicht stillhalten, selbst im Bett nicht. „Ich weiß. Es gibt Orte, wo du in Sicherheit bist. Mein Erzeuger, Christopher, hat es sich zur Aufgabe gemacht, Missbräuche von Hortari aufzudecken und die Täter zur Verantwortung zu ziehen. Ich kann dich zum Schloss bringen, wenn du möchtest."

Lauren lachte. Das war besser, als in Tränen auszubrechen. Es hatte also die ganze Zeit einen Ausweg gegeben? Sie hätte sofort nach dem Operndrama abhauen können. Sie hätte fliehen können, als er ihr das erste Mal seinen Willen aufgezwungen hatte. Klar, er hatte befohlen, dass sie das Haus nicht ohne Aufsicht verlassen durfte, aber sie hätte einen Weg gefunden, den Befehl zu umgehen. Sie hatte ja auch eine Möglichkeit gefunden, um mit Ben zu AUDREY'S Bar zu gehen.

„Komm mit." Sie nahm seine Hand und hielt sie an ihre Brust. „Trevor ist ein Monster. Er wird dich genauso schlecht behandeln wie mich. Bleib bei mir." Sie hatte die abschätzende Behandlung ihrer Eltern überlebt. Sie hatte Trevors Gemeinheit überlebt. Sie hatte das Gefühl, am ganzen Körper in Flammen zu stehen, überlebt. Sie hatte bewiesen, dass sie alles allein und aus eigener Kraft überstehen konnte. Aber sie wollte nicht alles allein durchmachen müssen.

Sie blickte tief in Bens schöne Augen. „Ich liebe dich, Benjamin Dal."

Ben legte die Hände um ihr Gesicht. „Und ich liebe dich, Lauren Vaughan, mit jeder Faser meines Seins. Wo immer du auch hingehen und was immer du auch tun willst, ich werde mit dir gehen."

Der Rest des Tages verging wie im Flug. Sie sagten sich immer wieder, wie sehr sie sich liebten, erinnerten sich an die gestohlenen Momente, als sie zusammen Pizza gegessen hatten und versuchten, genau den Augenblick zu bestimmen, wann jedem von ihnen klargeworden war, dass er den anderen liebte. Ben sagte, es war, als sie ihm das erste Mal ein Stück Speckpizza in die Hand gedrückt hatte; Lauren gab zu, dass sie sich ihrer Gefühle erst in AUDREY'S Bar bewusstgeworden war. Sie liebten sich wieder, bis Lauren darauf bestand, dass sie unter die Dusche gingen, um sich frisch zu machen, wo sie sich natürlich wieder liebten.

Erst als die Sonne am Horizont versank, öffnete Ben die Falltür zu seinem Labor. Er sah sich vorsichtig um, ob Trevor auch nirgendwo lauerte.

Aber der hatte anscheinend die ganze Nacht beleidigt in voller Lautstärke Liebeskummer-Musik gehört, die noch immer aus dem Fenster des oberen Stockwerks dröhnte und wahrscheinlich alle Geräusche übertönt hatte, die Ben und Lauren letzte Nacht im Pool gemacht hatten.

Das ist jetzt nicht mehr mein Problem.

Lauren hatte sich von Ben Jeans und ein Shirt geliehen, die sie mit einem Gürtel an ihrem schlanken Körper befestigte. Die Klamotten waren ihr viel zu groß und ließen sie unförmig aussehen, aber das war ihr egal.

Sie würden von hier abhauen. Zusammen schlichen sie aus dem Poolhaus und hielten sich im Schatten der Mauer versteckt. Ben zog eine Art Fernbedienung aus der Tasche und richtete sie auf sein Häuschen. Es schimmerte einen Moment lang in der Luft und schrumpfte dann auf die Größe einer Münze.

Lauren war verblüfft. Sie war in diesem Haus gewesen. Sie hatte darin geschlafen. Fasziniert betrachtete sie die erstaunliche Vorrichtung Bens Hand. Heilige Scheiße. Das einzige was übriggeblieben war, war die Rohrpost, die vom Poolhaus zum Haupthaus geführt hatte, wie eine

Hand, die ins Nirgendwo greift. Ben lief zurück, nahm das knopfgroße Häuschen und steckte es in einen kleinen Plastikbeutel, den er aus der Hosentasche zog.

„Du hast ja keine Ahnung, wie oft ich mein Haus bei Nässe fallen gelassen und geflutet habe." Er blinzelte ihr zu und tippte sich an die Nase. „Deshalb der Plastikbeutel."

Lauren kicherte und verdrehte die Augen. „Komm, machen wir, dass wir hier wegkommen."

Trockene Äste knirschten unter Bens Stiefeln. Er und Lauren liefen mit Vampirgeschwindigkeit den Waldweg am hinteren Ende von Trevors Besitz entlang. Am liebsten hätte Ben vor Freude geschrien und Luftsprünge gemacht.

Lauren sah ihn von der Seite an und lächelte. Ihr glückliches Gesicht erhellte die Nacht mehr als der volle Mond. Sie hatten bereits einen Punkt erreicht, an dem sie sich ohne Worte verstanden. Ich liebe dich, strahlte ihr Gesicht. Ich liebe dich auch, gab Ben ihr mit einem Händedruck zu verstehen. Alles war perfekt. Nun ja, fast.

Sie mussten schnell von hier verschwinden, bevor Trevor merkte, dass sie nicht die Absicht hatten, zurückzukommen. Lauren hatte keine Lust, sich irgendwelchen Schikanen auszusetzen, die dieser Idiot für sie bereithielt.

Aus Vorsicht schlugen sie einen anderen Weg ein als den, den sie zu AUDREY'S Bar genommen hatten, falls Trevor ihnen auflauern sollte. Sie liefen unter den Bäumen hindurch zu dem weniger bewachten Hintereingang der Garage.

Lauren wurde langsamer und hielt auch Ben an. „Ich kann nicht mehr... nach dieser Nacht." Sie keuchte. „Lass uns ein Stück gehen." Sie schlang ihren Arm um seine Taille und lehnte sich an ihn, als sie in gemäßigtem Tempo weitergingen.

„Hey, das ist schön." Ben seufzte. „Ich lebe schon so lange in diesem Poolhaus und habe es eigentlich immer nur verlassen, wenn Christopher mich brauchte. Ich war so sehr auf meine Arbeit konzentriert, dass ich mir nie die Zeit genommen habe, das Grundstück zu erforschen. So hätte ich beinahe verpasst, wie viel Schönheit es in dieser Welt gibt." Er wandte seinen Blick nicht von Lauren ab.

Lauren errötete und blickte zu Boden. „He, was ist das. Ich hätte nie gedacht, dass Trevor sich mit Gartenarbeit beschäftigt."

Sie versuchte das Thema zu wechseln und Ben war enttäuscht. Konnte sie denn nicht akzeptieren, wie viel sie ihm bedeutete? Wie gut, dass ich alle Zeit der Welt habe, um sie zu überzeugen.

Lauren kniete neben einem breiten Beet von gelben Blumen mit violetten Punkten. „Kannst du dir vorstellen, wie er, mit einem breitkrempigen Hut auf dem Kopf, mit einer Schaufel in der Erde herumwühlt?" Sie beugte sich vor, um an einer der Blumen zu riechen.

„Nein!" Ben sprang vor und riss Lauren in seine Arme.

Er war so in die Betrachtung von Laurens wunderschönem Gesicht versunken gewesen, dass er die Blumen erst gar nicht beachtet hatte. Es lief ihm vor Angst kalt den Rücken hinunter, als er die Blumen ansah, die er vorher in seinem Leben erst einmal gesehen hatte.

„Geh nicht zu nahe an diese Blumen heran. Sie sind gefährlich für uns."

„Wirklich?“ Lauren trat einen Schritt zurück und begutachtete die Blumen mit zusammengekniffenen Augen. „Davon habe ich noch nie gehört. Ich weiß, dass wir Vampire durch Enthaupten und Feuer getötet werden können. Aber Flower Power?“

„Diese Blumen heißen Kkot. Sie sind sehr selten. Es bedarf einiger, bestimmter Mühen sie zu ziehen.“ Er schluckte seinen Zorn hinunter. „Sie werden dich nicht töten, aber der Kontakt mit Kkot versenkt Vampire in einen tiefen Schlaf. Wenn man die Blume verzehrt, berührt oder auch nur daran riecht, haut das den stärksten Vampir um.“

Sie sah ihn aufmerksam an und zog besorgt die Augenbrauen zusammen. „Das ist noch nicht alles, oder? Warum sollte Trevor Blumen anpflanzen, die ihm schaden könnten?“

Ben schüttelte den Kopf und nahm noch mehr Abstand von den Blumen. Er hielt Laurens Hand fest in seiner. Es sind so viele. So furchtbar viele.

Lauren drückte auffordernd Bens Hand. „Erzähle es mir.“ Sie nickte ihm aufmunternd zu. „Ich will es wissen.“ „Ich habe erst einmal in meinem Leben so etwas gesehen: mein Onkel Rhys hatte ein Massengrab angelegt, in dem alle seine Feinde begraben waren." Ben schluckte und wandte sich Lauren zu. „Kkot wächst nur in Erde, wo sehr viele Vampire zusammen beerdigt sind." Er sprach langsam. Die volle Bedeutung dessen, was Trevor getan hatte, was für ein Monster Trevor geworden war, während Ben einfach nicht darauf geachtet hatte, wurde ihm jetzt erst langsam klar und ihm wurde eiskalt ums Herz. „Diese Blumen sind Trophäen. Um solche Anhäufungen von Kkot zu bekommen, musste er die toten Vampire alle dicht zusammen hier begraben, und die Blumen erinnern ihn daran, was er getan hat."

Es hätte mir schon eher auffallen müssen. Seine vielen Freundinnen. Ich hätte ihn aufhalten müssen. Ich hätte es Danny und Christopher sagen müssen. „Hier, in diesem Boden zu unseren Füßen liegen Dutzende toter Vampire."

Lauren keuchte entsetzt, ihre Hand fuhr zu ihrer Kehle und sie musste schlucken. „Oh, mein Gott." Sie lief hinter Bens Rücken auf und ab. „Ich wusste ja, dass Trevor ein sadistisches Arschloch sein konnte, aber das hier ist verrückt. Mord?" Sie sah Ben fragend an.

Ben wünschte, er könnte ihr etwas Tröstendes sagen, dass alles bestimmt nur ein dummes Missverständnis war und dass sie nicht gerade an einem Massengrab toter Vampire standen. Er wollte sie in den Arm nehmen und ihr versichern, dass alles in Ordnung war.

Ich habe bei einem Serienmörder gewohnt, habe mit einem Serienmörder zusammengearbeitet. Ben schloss die Augen und zwang sich dann, sie wieder zu öffnen und sich die Blumen noch einmal anzusehen. Es war nicht seine Schuld, dass Trevor zu solch einem Monster geworden war, aber seine Schuld lag darin, dass er seine Zweifel immer wieder verdrängt hatte.

„Ich kann nicht zulassen, dass Trevor so weitermacht. Mein Gott, du wärest vielleicht die Nächste gewesen …“ Allein der Gedanke, dass Trevor Lauren so etwas angetan hätte, dass sie hier in diesem kalten Grab liegen könnte, versetzte Ben einen Schlag in den Magen. Er stolperte zurück.

„Wir müssen ihn aufhalten.“ Lauren ballte die Fäuste. „Er darf nicht einfach Frauen verbrauchen und sie dann wie zerbrochene Puppen wegwerfen.“

Ben nickte. „Ich muss ihn aufhalten. Ich bin älter und deshalb stärker als er. Ich werde seinen Erzeuger, Danny, und den König unterrichten, aber wir dürfen nicht riskieren, dass Trevor merkt, dass wir beide geflohen sind. Ich muss zurückgehen." Er nahm Laurens Hand. „Du bist frisch verwandelt und unterstehst noch seiner Befehlsgewalt. Du solltest fortgehen, dich irgendwo verstecken und auf mich warten. Ich werde dich finden. Wenn es mir gelingt, Trevor auszuschalten, steht uns nichts mehr im Wege. Dann sind wir sicher und können zusammen sein."

Er kannte Laurens Antwort bereits, bevor sie den Mund aufmachte. Sie war so eine starke Frau. Sie würde sich nicht verstecken.

„Du spinnst wohl." Sie zog Ben an sich und küsste ihn leidenschaftlich. Ihre Zunge fuhr tief in seinen Mund. „Ich bleibe bei dir. Wir werden dieses Arschloch zusammen fertigmachen."

Ben drückte Lauren eng an sich. Sein Blick schweifte noch einmal über das Grab und die Kkotblumen, das einzige Mahnmal an die vielen Leben, die ausgelöscht worden waren. „Ich habe eine Idee."

Leise schlich sich Lauren durch das Gras auf ihrer Runde um das Haus. Sie stahl einen Blick in jedes Fenster und entdeckte schließlich Trevors Schatten, der im oberen Stockwerk in seinem Schlafzimmer auf und ab lief. Der Anblick allein ließ sie stockstill stehen wie ein Reh, das im Scheinwerferlicht eines herannahenden Lastwagens gefangen ist.

Wir müssen ihn aufhalten. Diese Worte, die sie gerade erst zu Ben gesagt hatte, brachten wieder Leben in sie. Sie schlich sich zum Eingang am Ostflügel. Ihre Handflächen waren schon schweißnass vor Angst, bevor sie hineinschlüpfte.

Trevors Haus war ihr schon immer unheimlich gewesen, aber nun, da sie wusste, dass es das Haus eines Serienmörders war, erschien ihr seine erdrückende Dunkelheit noch beängstigender. Die Gewölbebögen in der Decke erinnerten sie an Rippen und die hohen, dunklen Fenster waren wie Augen, die jede ihrer Bewegungen genau verfolgten.

Das Luftrohr der Rohrpost kam im Ostflügel an, der auch den Fitnessraum beherbergte. Lauren fragte sich, ob der Fitnessraum schon immer zum

Haus gehört hatte, weil niemand der hier wohnte, eigentlich Sport treiben und sich fit halten musste. Als er ihr das Haus erstmals gezeigt hatte, hatte Trevor ihr sogar davon abgeraten, die Fitnessgeräte zu benutzen. Damals hatte sie geglaubt, dass er damit die Vorteile des Vampirdaseins betonen wollte, aber war vielleicht mehr daran gewesen? Wollte er, dass ich schwach bleibe, um mich nicht wehren zu können?

Lauren verdrängte diese Gedanken. Sie wollte auch nicht mehr daran denken, dass sie Sex mit einem Serienmörder gehabt hatte. Die Erinnerungen an die Momente der Lust auf dem Boden des Restaurants, als sie noch an eine glückliche und sichere Zukunft mit Trevor glaubte, waren für sie jetzt so vergiftet wie die von dem Kkotgift durchdrungene Erde. Die Galle kam ihr hoch und sie riss sich zusammen, bevor der Geruch ihres Ekels Trevor verriet, wo sie war.

Denk an Ben, denk an seine Güte, denk daran, wie wir diese Ratte Trevor fertigmachen werden.

Fast wäre sie über Trevors Tauchflaschen gestolpert, die an der Spiegelwand des Fitnessraums aufgestellt waren. Sie hatten diese Flaschen auf einer fantastischen Tauchreise in Sharm el Sheikh in Ägypten benutzt. Damals hatte er ihr vorgemacht, ein Mensch zu sein, der unter Wasser atmen musste.

Wieso habe ich nicht gemerkt, was für ein Monster er war? Es musste doch irgendwelche Anzeichen gegeben haben. Es gab lange Gespräche über Kunst, Geschichte, Musik, und darüber, was sie in den nächsten Monaten alles unternehmen wollten. Meistens redete Trevor und Lauren lächelte und nickte, und stellte ab und zu eine kleine Zwischenfrage, um Trevor am Reden zu halten. Allerdings redete er immer nur über Dinge, die ihn interessierten und niemals über sich selbst. Sie hatten sich nie über vergangene Beziehungen unterhalten. Lauren hatte auch immer versucht, das Thema zu vermeiden, aus lauter Angst, dass sie, nach einem Glas Wein zu viel, über ihre erste Ehe sprechen würde.

Ich wollte, dass er mein Retter ist, deshalb habe ich keine Alarmglocken gehört.

Sie rieb sich die Augen und wandte den Blick von den Tauchflaschen ab. Sie erinnerten sie zu sehr daran, wie sie - in ihrer Verzweiflung jemanden zu finden, der für sie sorgte — sich selbst verraten hatte.

Lauren fand den Hebel für das Luftrohr der Rohrpost genau da, wo Ben gesagt hatte: ein roter Hebel hinter einer Kiste mit Klamotten, die aussahen wie Kostüme für eine Shakespeare-Aufführung. Triumphierend stellte sie den Schalter am Bedienpult von automatisch auf manuell. Die Uhr im Turm des Ostflügels schlug achtmal und Lauren setzte schnell ihre Gasmaske auf, bevor die Schläge verklangen. Ein zischendes Geräusch kam aus dem langen Rohr. Sie lächelte.

Im wiederhergestellten Poolhaus hatte Ben die Blütenblätter der Kkot-Blumen, die sie zusammen vorsichtig gepflückt hatten, zermahlen und mit einer seiner Erfindungen in Gas umgewandelt. Vom Poolhaus aus konnte er zwar das Gas durch die Rohrpost zum Haupthaus pumpen, aber dort musste jemand die Klappe öffnen, um zu gewährleisten, dass das Gas auch wirklich ins Haus gelangte und Trevor in einen tiefen Dornröschenschlaf versetzte.

Wenn Bens Berechnungen stimmten, dann würde das Gas Trevors Zimmer ziemlich schnell erreichen und es in unter dreißig Sekunden füllen, bevor es sich im Rest des Hauses verteilte. Kkot hatte eine durchschlagende Wirkung: Nur ein Atemzug reichte aus, um ihn für Stunden bewusstlos zu machen. Bei dem Gedanken lächelte Lauren grimmig. Es war nur eine kleine Vergeltung für die armen Verstorbenen, aber ihr gefiel der Gedanke, dass gerade die Blumen, die ein Symbol für Trevors Opfer waren, zu seinem Untergang beitragen würden.

Sobald sie die Rohrpost eingeschaltet hatte, sah der Plan vor, dass Lauren so schnell wie möglich das Haus verließ. Wenn Ben dann das Haus mit dem Gas gefüllt hatte, würde er die Pumpe ausschalten und Trevor holen, um ihn zum Schloss zu bringen, wo man über ihn urteilen sollte.

Lauren war schon an der Hintertür angelangt, da hielt sie auf einmal inne und zog ihre Hand vom Türgriff zurück. Sie betrachtete die Treppe und wurde von der Erinnerung überflutet, wie ihre Füße auf Trevors Befehl hin, ohne ihr Zutun und völlig seinem Willen ausgeliefert, den Raum durchquert hatten.

Sie musste Trevor bewusstlos sehen. Bevor Ben ins Haus kam und alles in die Hand nahm, wollte sie Trevor hilflos, und durch ihren Plan besiegt, zu ihren Füßen liegen sehen.

Schnell lief sie, solange sie noch den Mut hatte, die Treppe hinauf zu Trevors Zimmer und durchsuchte den Raum mit den Augen nach seinem bewusstlosen Körper. Aber er war nicht in seinem Zimmer, er war auch nicht in der Bibliothek, ihrem Zimmer oder in einem der Badezimmer. Lauren zog sogar die Duschvorhänge beiseite. Ihr Herz hämmerte vor Angst und sie fühlte sich wie in einem Horrorfilm, in dem jeden Moment etwas Fürchterliches passieren kann.

Aber nichts geschah. Alle Räume waren leer.

Ist er entwischt? Wenn er es geschafft hatte aus dem Haus in den Garten zu gelangen, dann war Ben jetzt vielleicht in Gefahr. Sie lief so schnell sie konnte und überprüfte noch einmal alle Zimmer, um sicher zu sein. Das Gas müsste jetzt bis in alle Räume des Hauses gelangt sein - Ben hatte die Rohrpostleitung an die Lüftungsöffnungen angeschlossen, um alles abzudecken.

Lauren war schon halb durch den letzten Lagerraum durch, als ihr etwas auffiel. Sie ging zurück mit dem Gefühl, dass sie etwas Wichtiges übersehen hatte. Im Fitnessraum angelangt, ließ sie ihren Blick über die Tauchflaschen schweifen und zählte sie.

Eine fehlte. Ein Staubrand zeigte deutlich an, dass dort noch vor Kurzem eine Flasche gestanden hatte.

Oh Scheiße.

Eine plötzliche Bewegung, die sie aus dem Augenwinkel wahrnahm, war die einzige Warnung. Lauren ließ sich sofort auf den Boden fallen, um dem Schlag mit der Tauchflasche auszuweichen.

Trevor holte wieder mit der Flasche aus. Lauren rollte sich aus dem Weg und sprang auf die Füße, als das Metall hart auf den Holzboden aufschlug. Sie sprang über einen Treppensteiger und ergriff vier Kugelhanteln vom Regal an der Wand. Adrenalin raste durch ihren Körper.

Trevors Gesicht verzog sich zu einer hässlichen Grimasse. In Lauren stiegen Erinnerungen hoch, wie er sie in der Oper gedemütigt hatte, wie er sie quer durch sein Schlafzimmer gegen die Wand geschleudert hatte, und wie er ihr das Gefühl aufgezwungen hatte, bei lebendigem Leibe zu verbrennen, und nun wuchs ihre Wut ins Unermessliche. Die Hanteln fühlten sich dank ihrer Vampirkraft auf einmal so leicht an wie Kieselsteine und sie schleuderte sie mit aller Kraft auf Trevor. Eine traf ihn an der Schulter, die andere an der Brust, aber zwei flogen an ihm vorbei, ohne ihn zu verletzen, und gruben sich in die gegenüberliegende Wand.

Er brüllte vor Wut und raste auf sie zu. Sie duckte sich und rollte unter seinen ausgestreckten Armen durch. Als sie unter ihm hindurch rutschte, verpasste sie ihm einen festen Boxhieb in die Leiste. Er krümmte sich vor Schmerz, riss sich aber sofort zusammen und wich ihr aus, als sie versuchte, ihm die Maske abzureißen, die ihn vor dem Kkot-Gas schützte.

Lauren konnte sehen, dass Trevors Lippen sich in der Tauchmaske bewegten. Der gehässige und arrogante Ausdruck in seinem Gesicht ließ sie vermuten, dass es sich um Befehle handelte.

Lauren lachte und zeigte auf die Ohrstöpsel in ihren Ohren. „Ich kann dich nicht hören, du blödes Arschloch!“

Seine Schocksekunde war alles, was sie brauchte. Lauren sprang vor und riss ihm die Maske vom Gesicht. Er schloss sofort den Mund und hielt sich die Nase zu. Sein triumphierendes Grinsen sagte ihr, was er nicht laut aussprechen konnte: Vampire brauchen nicht zu atmen, du Dummchen.

Lauren nahm die Tauchflasche und schwang sie mit aller Kraft. Die Flasche krachte gegen Trevors Schädel mit einem solchen Knall, dass er im Raum widerhallte und die Spiegel an den Wänden klirrten. Trevor keuchte vor Schock bei dem heftigen Schlag und atmete einen tiefen Zug Kkot ein. Er fiel um wie ein gefällter Baum und lag still. Lauren stand über ihm.

Am liebsten hätte sie ihm ins Gesicht getreten aber sie beherrschte sich. Ich bin nicht so wie er. Sie benutzte die Ketten der Trainingsgeräte und fesselte seine Hände und Füße hinter seinem Rücken zusammen. Mit einem zufriedenen Seufzer nahm sie die Stöpsel aus ihren Ohren.

Eine Sekunde später stürmte Ben durch die Tür, ebenfalls mit einer Gasmaske ausgerüstet.

„Ich hörte Kampfgeräusche. Ist alles in Ordnung?“, fragte er, schloss sie in die Arme und betrachtete Trevor, der langsam und friedlich atmete.

„Besser als in Ordnung.“ Lauren lächelte strahlend. „Ich habe gewonnen.“

„Schuldig in allen Anklagepunkten!“ Die Stimme des Richters schallte durch den königlichen Gerichtssaal und wurde sofort vom Jubel der Menge übertönt.

Ben zog Lauren in seine Arme und wirbelte sie herum. Sie lachte und schmiegte sich an ihn.

„Trevor wird dir und anderen nie wieder etwas antun können.“ Ben stellte sie wieder auf den Boden und drückte sie fest an sich.

„Da hast du, verdammt noch mal, recht“, erwiderte Lauren, schlang ihre Arme um Bens Hals und zog ihn näher, um ihn ausgiebig zu küssen. Sie trug ihr Haar heute offen und wild; es kitzelte ihn an der Nase und ihr überglückliches Lächeln wärmte ihm das Herz.

„Hey, hier ihm Gerichtssaal wird nicht rumgeknutscht!“ Sie wurden von einer lauten Stimme unterbrochen.

Ben drehte sich um und erblickte Danny Dal, Hand in Hand mit seiner Verlobten Robin, die durch den Gang auf ihn und Lauren zukamen.

„Wie schön, dich zu sehen.“ Danny schüttelte Ben die Hand. „Ich kann es noch gar nicht fassen, dass Trevor so ein schlimmer Finger ist.“ Er seufzte. „Ich wusste zwar, dass er einige merkwürdige

Vorstellungen von Dracula hatte und so, aber das hier ..." Er zeigte auf die Beweismittel, die noch an der Tafel befestigt waren: die Gesichter der sechsundfünfzig Frauen, die Trevor im Laufe der Jahrhunderte getötet hatte.

Trevor hatte während der Gerichtsverhandlung alles zugegeben. Ben hatte den leisen Verdacht, dass der egomanische Niemand schon lange den Drang gehabt hatte, über seine „dunkle Liebesgeschichte", wie er sie nannte, zu sprechen und es jetzt genoss, im Mittelpunkt zu stehen. Damals, als er noch ein Mensch war, hatte sich Trevor in eine Frau namens Felicity verliebt. Sie aber wollte überhaupt nichts mit ihm zu tun haben, deshalb hatte Trevor Danny angefleht, ihn zu verwandeln, in der Hoffnung, dass Felicity in als 'Wesen der Nacht' attraktiv finden würde. Als das aber auch nicht funktionierte, verwandelte Trevor in den nächsten Jahrhunderten immer wieder Frauen, die aussahen wie Felicity und zwang sie, die verrückten Vorstellungen zu erfüllen, die er vom Leben mit seiner „wahren, großen Liebe" hatte. Wenn eine der Frauen von seinen Fantasien abschweifte, dann tötete er sie und verwandelte eine andere.

„Ich bin dir so dankbar, dass du ihn vor Gericht gebracht hast“, sagte Danny ernst. „Ich hätte ihn niemals verwandeln dürfen oder hätte ihn wenigstens besser beobachten sollen.“

„Ich habe ihn nicht allein zu Fall gebracht.“ Ben legte den Arm um Laurens Taille. „Das hier ist Lauren, das wirkliche Gehirn hinter der ganzen Operation.“ Er legte den Zeigefinger auf sein Kinn. „Und die Muckis auch, wenn ich so recht darüber nachdenke.“

Robin stieß Danny mit dem Ellbogen an. Ihr helles Lachen zauberte endlich ein Lächeln auf Dannys ernstes Gesicht. „Das glaube ich. Es ist gar nicht so einfach, diese tollen Männer hier in Schuss zu halten, nicht wahr?“

„Eine immerwährende Aufgabe, das stimmt.“ Laurens Ton war ernst, aber sie grinste über das ganze Gesicht.

„Was habt ihr zwei denn nun vor?“, fragte Danny. „Trevors Haus steht auf meinen Namen. Es gehört euch, wenn ihr es wollt. Ihr könnt aus dem Poolhaus ausziehen und es euch mal so richtig gut gehen lassen.“

„Danke, aber wir bleiben lieber im Poolhaus“, entgegnete Lauren.

Ben zog einen durchsichtigen Plastikbeutel aus der Tasche und hielt ihn auf Augenhöhe hoch. „Wir nehmen es einfach mit." Das verkleinerte Poolhaus war in der Tüte. Allerdings hatte es jetzt eher die Größe eines Tennisballs als die eines Knopfes. Ben hatte einige Räume hinzugefügt, als es so klein war — viel einfacher und billiger auf diese Art - und Lauren war begeistert von dem schönen Heim, das er ihr gebaut hatte.

„Aha, das erklärt dann auch dein Outfit." Danny konnte sein Lachen nicht mehr unterdrücken.

„Was?" Ben blickte an sich hinunter auf seinen kompletten Kaki-Anzug. Er hatte alles gekauft, was er nach Jahrhunderten der Abenteuerlektüre, als die richtige Ausrüstung betrachtete. Der breitkrempige Hut war ein bisschen zu groß für seinen Kopf, und das Fernglas, das er in eine der riesigen Taschen gesteckt hatte, war etwas zu schwer, aber noch nie in seinem Leben war er so glücklich und aufgeregt gewesen.

„Ich finde, er sieht zum Anbeißen aus." Lauren drückte liebevoll seinen Arm. „Wir machen eine Weltreise und fangen mit einer Safari an. Bens Entsalzer hat so vielen Menschen in so vielen Ländern geholfen, dass ich denke, er verdient es, selbst zu sehen, wie viel Gutes er damit getan hat. Und ich freue mich wahnsinnig darauf, frei durch die Welt zu streifen. Da wir ja unser Haus in einer Plastiktüte mit uns herumtragen, können wir hingehen, wo immer wir wollen und wann immer wir wollen."

Ben warf sich stolz in die Brust. Als er seinen Entsalzer fertiggestellt hatte, hatte ihm Lauren dabei geholfen, die genauen technischen Spezifikationen online zu stellen, so dass überall auf der Welt die Menschen ihre eigene Maschine danach bauen konnten. Nun gab es überall dort sauberes Trinkwasser, wo es bis jetzt immer nur ein Luxus gewesen war.

Lauren verschlang ihre Finger mit Bens und flüsterte ihm ins Ohr. „Ich liebe dich, weißt du."

„Ich liebe dich auch." Ben umarmte sie fest. Er hatte eine Superidee für einen Heiratsantrag, wenn sie erst in Kenia waren, aber er war nicht sicher, ob er noch so lange warten konnte.

Arm in Arm verließen sie den Gerichtssaal, fort von Trevor und dem Wagen, der ihn zu dem Loch in der Erde brachte, wo er die nächste Zukunft verbringen würde. Alles, was jetzt zählte waren Lauren und Ben, und ihre gemeinsame Zukunft.

„Lass uns tanzen gehen“, schlug Ben vor.

Lauren küsste ihn. „Mit dir? Immer.“

Die Abenteuer unserer Vampire kommen zum Abschluss in der spannenden, letzten Folge der Serie Königliches Blut, Die Entscheidung des Vampirs.

Lernen Sie AJ Tipton kennen

AJ Tipton ist ein Pseudonym für Annie und Jess („AJ." Sie verstehen schon!). Arbeitsbienen bei Tag, so verbringen wir unsere Abende damit, Fantasien zu Papier zu bringen, die erstaunen, anregen und unterhalten sollen. Wir leben in Brooklyn, sind leicht durchgeknallt und stolz darauf.

Wollen Sie mehr Geschichten über Bizarres und Verwunderliches? Tragen Sie sich in unsere Subscription-Liste ein und Sie werden die/der Erste sein, der weiß, wann ein neues Buch erscheint. Es gibt auch immer mal wieder eine Überraschung. Oder kontaktieren Sie uns direkt per E-Mail an a.j.tipton.author@gmail.com

Ideen für zukünftige Bücher – alles von Sexrobotern bis zu Geisterbordells – werden uns noch für die nächsten Jahre beschäftigt halten und wir laden Sie dazu ein, daran teilzuhaben. Lassen Sie uns wissen, welche Serie Ihnen am besten gefällt. Wir lieben es, von unseren Lesern zu hören.

Facebook: https://www.facebook.com/AJTiptonAuthor

Twitter: https://twitter.com/AJTiptonAuthor

Blog: https://ajtiptonauthor.wordpress.com/

Printed in Poland
by Amazon Fulfillment
Poland Sp. z o.o., Wrocław

22697889R00079